在生命这袭华袍背后

◎ 李大兴 著

生活·讀書·新知三联书店

图书在版编目（CIP）数据

在生命这袭华袍背后 /〔美〕李大兴著. — 北京：
生活·读书·新知三联书店，2017.9
ISBN 978-7-108-05979-6

Ⅰ. ①在… Ⅱ. ①李… Ⅲ. ①回忆录 – 美国 – 现代
Ⅳ. ①I712.55

中国版本图书馆CIP数据核字（2017）第129271号

策　　划	知行文化
特约编辑	江山美
责任编辑	朱利国
装帧设计	陶建胜
责任印制	张雅丽
出版发行	**生活·讀書·新知** 三联书店
	（北京市东城区美术馆东街22号）
网　　址	www.sdxjpc.com
邮　　编	100010
经　　销	新华书店
印　　刷	北京市松源印刷有限公司
版　　次	2017年9月北京第1版
	2017年9月北京第1次印刷
开　　本	635毫米×965毫米 1/16　印张13.75
字　　数	165千字　23幅图
印　　数	00,001 – 10,000册
定　　价	38.00元

（印装查询：010-64002715；邮购查询：010-84010542）

目　录

人事·书事

序

二〇一六年六月间，大兴来亦庄小叙。饭间，我问他写文章何以那么快捷，几乎每隔两三天就有一篇美文见报？他说，专栏文章时限固定，按期交稿，需事先打好腹稿，然后以语音输入手机，稍做修改后即发往报社；一篇千字上下的短文乃至三五千字的长文，从腹稿、口述、改定到发出，只需两三天即可完成；实则一生亲历之事，心中积郁已久，酝酿成文，井喷而出，乃一大快事也。

李新师、于川师母家四兄弟，大兴行四。长兄小丁健谈，次兄小兵少言，三兄小明爱唱。三人在京，虽不常见，却时有音问。大兴二十岁时由北京大学保送日本留学，自那以后，只是从李新师和于川师母处知道大兴的零星信息。直到二〇〇五年李新师远行后，才在小兵的办公处与大兴以及他的三位兄长匆匆相会。又过了十年，这一次大兴回国长住，总算有时间聚谈，并诵读他的书稿。

大兴生于一九六〇年，是国人饱受挨饿之苦的大饥荒年代。我于一九六二年春从长春来到北京，每饭面对的只有黑面火烧、盐炒泡黄豆和无油青菜汤。初见大兴是他一岁多，高度营养不良时。每逢他发高烧，我就抱他到宽街北京中医医院就诊，拿药后再送他回位于铁狮子胡同的中国人民大学李新师家。这样的急诊不少，多半由李义彬兄一人为之，我偶尔也帮忙。大兴儿时患轻度软骨病，自云身形就像一根长竹竿顶着一个大西瓜，摇摆不稳，弱不禁风。时逢"文革"，他小学、初中似乎都未读，却到处找书，广泛涉猎，读到许多当年别人很少看到的禁书。历史上不少读书人的杂学博识，恰恰是在文字狱中修炼成的。"文革"毁书无数，却无法把书完全毁掉，这是倡言反智毁书者所始料不及的。毁书者之恶，绝甚于秦始皇焚坑之恶。其恶铭于人心，刻于史册，永为后世诅咒，乃历史对邪恶的严正惩罚。

大兴七岁失学，开始无票乘坐十三路公共汽车，三年后持小明的学生月票，坐遍京城公交车，从市区到郊区，几十条线路，全能背出站名；十岁学会记账、做饭、为母亲熬中药；十五岁起吸烟饮酒，却是个爱读书，爱做梦，不打架，不合群，喜做单相思，内心羞涩的好孩子。基本没有受到主流教化的熏染，也缺少社会潜在意识的浸淫。小学一年级辍学，在家受母教读书的同时，先习写古诗，再试写新诗和随感（于川师母给我看过），似乎一直陶醉在诗歌与音乐中。十七岁重返学校课堂，三年后（一九八〇年）以北京市文科高考第二名进入北京大学，半年后东渡日本留学；一九八九年后，离日赴美，长期做公司职员；一年前辞职，重回文学与音乐之旅。

一个人遭逢或目睹不幸与磨难的逆境（诸如"十年浩劫"中的批斗、抄家、自杀、武斗、杀人等恐怖惨状，使人无时不在恐惧与无助中），定会丰富人生阅历，使自己变得坚毅聪慧，逐渐找到自我，找到审美和思想的路向。大兴半生经历可为一证。

大兴的书，多为阅世、阅人与阅读的人生自述，视野广阔，思虑深远，涵盖文学、史学、美学、诗学与音乐；时而平实晓畅，时而诗意充盈，新奇驳杂、舒展有致的文风，离不开家庭，特别是父慈母爱、兄长之情的滋养，可谓集父母兄长智慧于一身。

大兴写母亲于川的文字尤其感人。正是母亲以其深情大爱，保全呵护了大兴的聪慧好学、自由不羁、浪漫与谨严交融的独特性格和才华，他才得以在知天命之年，井喷式书写童年少年、父亲母亲、人事书事——这人生一幕，随后还会有青年、中年……一系列个人历史回顾会接踵而来。以他写作速度的快捷，我相信很快便会看到第二幕、第三幕的精彩展现。大兴说："历史应该是个人书写。"我赞同，我欣赏，这是因为个人书写是家国书写的浓缩版，个人的微观史是时代宏观史的真实映照，肃清历史虚无论当由此做起。

是为序。

二〇一六年九月十二日于海南五指山

陈铁健　八十又二

前　言

　　这部小书里主要收集了二〇一六年五月以来我在《经济观察报·观察家》开的"个人记忆"专栏文章和散见于其他报刊的回忆文章，统共二十五篇，分"童年·少年"、"父亲·母亲"、"人事·书事"三部分，分别记录了我出国留学前的一些时光、关于父母的片断回忆、家族历史的一瞥、难忘的人以及难忘的书。

　　半个世纪之前的张自忠路（如今是平安大街的一部分）还是一条窄窄的林荫道，汽车稀少，来辆公共汽车都能让五岁的我兴奋半天。人民大学大院几百户人家电视不会超过五台，看上一场电影哪怕是纪录片也会被念叨回味许久。我一记事就像《铁皮鼓》的那个孩子一样见证了一个混乱荒谬的年代，从小学一年级起就阴差阳错地辍学在家，独自稀里糊涂地长成少年。我本性合群，却没有群可入，游离在社会边缘，基本没有受到教化的熏染，也缺乏社会规范在潜意识里的浸透。这段经验深深影响着我的一生：批斗、死亡、游行、打群架植入了恐惧，后来我很想忘却，不料想如今最怀念那段节奏缓慢、自由自在、漫无目的的岁月。粉碎"四人帮"以后的一九七七年，我终于回到了学校。三年后的夏天，我以北京市高考文科第二名的成绩考入北京大学，第二年出国留学，开始一出戏的下一幕。

　　先父十七岁时参加"一二·九"学生运动，任重庆学联主席，第二年被学校开除后，参加了共产党。后来他从党政官员转身成为历史学者，晚年主编《中华民国史》，并曾出版他自己的回忆录《流逝的岁月》。先母出生官宦世家，就读于教会学校燕京大学，后来却和父亲走到了一起。他们各自有着独特的经历与家世，然而他们很少提起，直到现在还有相当一部分有待厘清，关于他们的回忆也是一个追溯与确认的过程。

父母广交游，家中朋友常来常往，性格、年龄、背景各异，形形色色，三教九流。我虽然远离同龄人的小社会，却因此旁观大人的世界。虽然生活的底色琐碎无聊，总有些精彩的人、令人感慨的事情，点缀在光阴的念珠上。我原是快乐浅薄的，却因为没有小朋友一起玩，只好逮着什么读什么，从《赤脚医生手册》到《人·岁月·生活》，半懂不懂，于是皱着眉毛，仿佛深沉，实则只是缺少童年。十分幸运的是，在没有书可读的年代，我居然因为种种机缘而接触到了许多当时很少有人能读到的书。一些人、一些书，在我还没有意识到的时候，就悄悄引领了我后来的审美和思想的走向。

感谢三联出版这本小书，在少年时代我随父亲多次拜访范用先生，三联于我是非常高远的出版殿堂，我曾经梦想如果有一天能在这里出书该是多么荣幸！我是一个普通的人，正在度过微不足道的一生。不过一切历史都是个人史，每一个人也终究在他的时代和所经历的历史之中。我自己的故事以及家族的历史并不重要，我素来缺乏弘扬自己或绍述祖先的愿望。追述时光里些许涓滴的意义，在于个人遭际、先人故事种种或许可以对过往百余年的时空，提供一些感性的、个案的描述。毕竟在这个"三千年未有之大变局"的时代，哪怕是仅仅半个世纪之前的历史，如果我们不去努力打捞，也许就会失去。文中故事，涉及健在者，为尊重隐私、名讳等有所改动，尚请读者体谅。

感谢三联副总编常绍民先生，感谢刘刚、李冬君伉俪的支持，感谢知行文化图书工作室，是你们的指导与督促，让我在三联美梦成真。

童年·少年

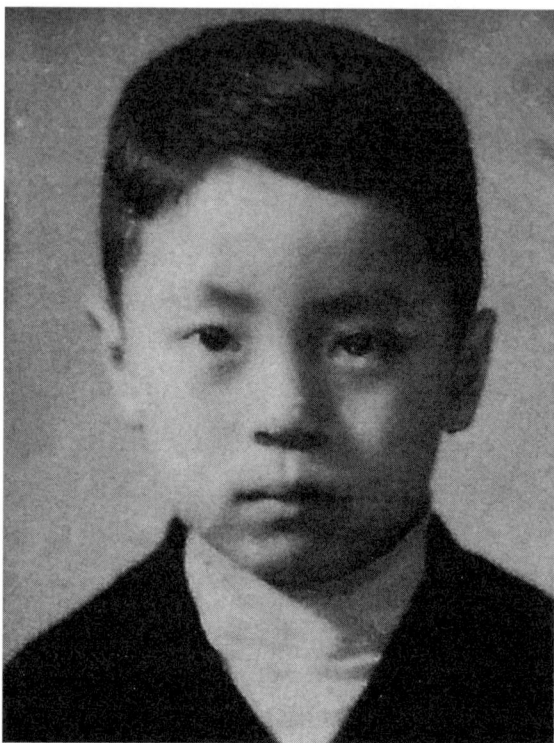

约四岁时的旧照

红楼月照儿时梦

一

张自忠路自然是为了纪念殉国抗日名将张自忠而命名的，同时命名的还有赵登禹路、佟麟阁路。那两条路原来的名字，如今几乎没有人记得了，可是还有许多人仍然不说张自忠路，而说铁狮子胡同，可见有的时候传统的力量是很顽强的。到了"文革"时，很多胡同都改成了反帝路、反修路一类名字，张自忠这种"国民党反动派"自然也是要不得的，可是几乎没有人记得当时路名改成什么了。那个疯狂的年代终究也是昙花一现，虽然深深刻进了我的童年。

我出生时，家住张自忠路也就是铁狮子胡同一号，熟悉那个大院的人简称为"铁一号"。这里最早是明末田皇后之父田弘遇的宅第，清末民初时的陆军部和海军部，北洋后期段祺瑞执政时的执政府。一九四九年后，以培养党政干部为任务的人民大学进驻。五十年代中期，人民大学本部迁往西郊林园，原执政府办公楼哥特式建筑西面，盖了三栋红砖宿舍楼。其时正是中苏友好时期，哥特式西方资产阶级建筑形式自然不会再用，但这三栋楼也不是苏联式样，除了厚大笨重庶几近之外，更多是国产土碉堡的样子，全无美感可言。这三栋楼因其颜色被命名为红一到红三楼，每栋楼有五个单元却被命名为甲到戊组，而不是一到五单元。这种称呼在北京极其罕见，不知道是不是从解放区带进城的革命话语之一部。楼呈宝盖形，乙、丙、丁组居中，甲、戊组分别拐过来各占一头。楼有五层，楼顶是一巨大平台，用一米二

约八岁时的旧照

左右的墙围起，每逢"五一""十一"，是看烟花的绝好地点。那时人头攒动，欢声起伏，是童年难得的明亮瞬间。

楼顶平台的最大好处是各单元之间可以从楼顶来往，对小孩玩捉迷藏、大人进行"反革命串联"、小偷作案都很方便。我七八岁的时候有时自己去楼顶看星星，曾经看着看着就睡着了，回家晚了被狠狠训了一顿。不过"文革"时家长绝大多数不是忙着革命就是被革命，无暇顾及管教子女，我们就像荒草一样慢慢长大。执政府的大花园那时也是一片荒芜，喷泉早已干涸，野草丛生，小径长满青苔，路灯碎灭，入夜一片黝黑。岂止花园，由于维修工人们也起来造反，楼道里的灯没有人管，多半熄灭了。我从小就习惯在黑暗中上下楼，偶尔会一脚踹到邻居堆在楼道中拐弯处的冬储白菜。如今我也经常半夜起床走来走去从来不用开灯，曾经写下诗句，"在梦里充满黑夜／在墓场坐到天明"，其实都来自亲身体验。

在口号是"人多力量大"，根本没有计划生育的六十年代，虽然死人多，生得更多。大院里面小孩众多，一玩捉迷藏或者"官兵捉贼"就以四五十计。有一次我藏到执政府大楼堆杂物的顶楼上，忽然站起一对青年男女，把我吓得半死，而他们更是仓皇而逃。若干年后，我明白了其中就里，也理解了他们的慌张。"男女关系问题"虽然不如"反革命"罪那么致命，也足以让人名声扫地、万劫不复。

在某次被"官兵"追得慌不择路时，我一跤前仆，两颗门牙飞出，满脸是血。幸亏是还没换的牙，不过据说我后来门牙长歪和这一跤还是有关系的。无论如何，从此我不再被准许晚上出去玩。家里有一套残缺不全的《三国演义》连环画小人书，大概是六十册里的十多本吧，我十分喜欢并且经常照猫画虎画打仗的小人。父亲自一九六七年一直在"牛棚"被"学习"，不过还算幸运，每天可以回家。晚上从学习班回来，他就给我读小人书，后来明白那也是他安慰自己的一种方法。他读了若干遍后，我就把这些小人书背下来了。不知不觉地我看着字形就能知道怎么念，就这样稀里糊涂地识了字，识的字多了，就改自己读字书了。家里书柜抄家时被贴了封条，风声尚紧，也不敢偷偷打开。所以我一开始读的是各种"文革"里的小报，还有《人民日报》和《参考消息》。到一九六九年中共"九大"召开，我已经可以囫囵吞枣地读大会公报了。

一九六八年秋天，"文革"告一段落，中小学"复课闹革命"，我上了北京府学胡同第一小学，班主任翟老师，三十出头，身材不高，常带笑容，和蔼可亲。开学第一课是学读和写"敬祝伟大领袖毛主席万寿无疆，万寿无疆；林副主席身体健康，永远健康！"我当时还不会右手写字，但不用老师教就左手写了出来。

我出生在大饥荒年代，从小营养不良，缺钙性软骨，两岁半才会走路，此后也根基不稳，一推一跟头。不过估计是饿死鬼来投生，七八岁时的饭量已经顶得上一个十五六岁的少年。所以我个子一点也不小，脑袋硕大，已经戴四十号帽子了。因此我坐在最后一排，靠着窗户。那是一间不知为何偌大的教室，后半间都是空的。我听课感觉无聊，时常望着窗外。然而窗外只有一片灰瓦屋顶，不像十年以后上高中时可以看见全聚德烤鸭店走廊，服务员端着烤鸭走过，我远远地咽口水。

望着窗外也不好玩，于是我在上课中站起来，在教室的后半间踱步一会儿再坐下，翟老师和同学们看着我目瞪口呆。课间小朋友们三两成群地下楼玩，我却自顾自在座位上画古装小人骑马打仗。从七八岁时画十八般兵器，到十二三岁时改画高鼻梁大眼睛半裸美女，作为男孩子的成长过程倒也十分自然。

家兄那一学期也转入府学胡同第一小学读五年级，聪明机灵，极得班主任喜爱。然而没过两个月，班主任被打成"国民党特务"，学校要求学生"划清界限"，对他揭发批判。家母坚守学生不可以批判老师的原则，去学校交涉未果，只有让家兄休学。恰好翟老师也即将临盆，需要请别人代课一段时间。她向母亲建议说，你这个孩子和别的孩子不太一样，现在又没有哥哥罩着，不如也休学一段时间。于是我也离开，再回学校，是八年多以后。

二

九十年代中期我认识了一位朋友，他也曾在铁狮子胡同一号度过童年。我和他谈起往事，他却告诉我那段时光不堪回首，他大半记不得了。我能理解他的心情，我自己也曾经想要忘却，走出往日的阴影，许多记忆也就真的渐渐远去，徒增几分过往的不确定性。比如说在一个阳光明媚的下午，一位教授从楼顶平台上一跃而下，当场死亡，大人和孩子纷纷奔跑过来围观。我也朝现场跑过去，但是马上就被抓回家了。我至今不能确定，有没有看到脑浆迸溅的死者，但是四十多年来，这个场景会情节变幻，偶然出现在梦中。

一九八二年我看电影《铁皮鼓》时热泪盈眶，其实与电影本身倒没有太大关系，更多是一种相通的感动、一种我曾经梦想过的拒绝方式。死亡与暴力足以在瞬间摧毁童年，并以某种延续影响人的一生。如果你是一个被害者，那么你会经历一个受创与平复的过程；如果你仅仅是一个旁观者，那么你看到的景象或许会留存更久。在刻意或者不经意之间，童年体验对生活态度和有关我们所处时代的认知，往往有决定性的影响。也许你读过卡夫卡，不知你是否发现，如果你想要走出去，你就永远走不出城堡。卡夫卡自己也是如此：生前是一名保险公司职员，终生未婚，但是不断地恋爱、订婚、写情书，临终时深感绝望，想把《城堡》付之一炬。我们无法走出的何止城堡！虽然在时间的河流里，我们的一生和我们的时代无非过眼烟云，我们却不论在哪里也毕竟不能走出历史。红一楼历经半个多世纪后依然矗立在那里，老迈不堪。我想起蜂窝煤炉的火光，冬夜我经常坐在炉边读书。书中历史人物的故事，遥远而有趣。那时自然不曾想到，若干年后许多见过的人就成了历史中人物，一点不遥远，也未必有趣。

人民大学是党办学校，红色大学自然知识分子也是红色的，然而仔细看去，色彩其实十分复杂。像苏斯洛夫、张春桥那样冷酷无情但好像自奉颇谨的意识形态木乃伊毕竟极其少见，看上去道貌岸然的外表，其实经常是一种处世之道，大多数人依然是千篇一律的蓝制服下的百色人等。

北大历史系郝斌先生回忆录《流水何曾洗是非》中记述，一九六六年历史系三院大门上贴出一副对联"庙小神灵大，池浅王八多"。这副对联被伟大领袖知道了，改为"池深王八多"。铁狮子胡同一号虽然池子浅得多，"王八"却也不少。郝斌先生描写的批斗会情景，我不满六岁时就从二楼家里目睹在窗户下进行的全部过程。那一对夫妇是那个年代罕见的胖子，以两人加起来超过四百斤闻名。我看见他们跪在单元门口，每个人背上再踩上一只脚。阵阵口号声怒吼轰鸣两小时后，数百人群散去，他们真的是站不起来了，手脚并用爬上台阶，消失在门里。宗生女士死于"文革"中，何务双先生"文革"后调外交学院任副院长。一九八○年外交学院招我作为保送生入学，我去何先生家了解情况，他又恢复了老干部的官气。

红楼岁月里，父亲和一位鹤发童颜、红光满面、声音洪亮的老先生时有往还。如今大多数人知道他的名字，是由于"文革"后发现他原来是金日成的老师。尚钺先生曾是左翼作家、鲁迅弟子、二十年代的地下党，但是后来和鲁迅分歧，被党开除，转教历史，直到抗战后才重新入党并被派入民盟。在五十年代热闹一时的古代史社会分期论争中，尚钺先生因主张"魏晋封建论"遭到批判，"文革"中更是丧妻失子。不过在我的记忆里，老先生健康开朗，他和父亲都极健谈，一见面就说得热闹。

"文革"中，他的妻子阮季女士自杀。阮季女士是母亲燕京校友，也在历史系任教，本不必死，但好像年轻时精神曾经受创，又在"文革"里被批斗，不堪折磨而逝。身后留下三个孩子，幼女才七岁。大约一两年后，尚钺先生走出哀痛，和一位詹女士结成连理。我平生第一次参加婚礼，也就是门口贴上"囍"字，屋里人来人往，吃到了平常难得一见的奶油糖而已。听到大人们私下讲，尚钺先生是第四次结婚了。于是我恍然大悟，原来人可以结不止一次婚。不久后读"文革"小报揭发刘少奇"生活糜烂"，有过五个老婆，可转念一想，毛主席好像也结了三次婚呀！

尚钺先生的小女儿和我是小学同班同学，还是一个学习小组的，圆脸，白白胖胖，很可爱的样子。不过我很快辍学，再听说她的消息，是十一年后知道她考上北大生物系。又过了十几年，在校友会遇到一位历史系师兄，经过相当一段时间，参加过若干次聚会后，有一天他忽然提到他夫人也是北大的，名字是尚京子。以现在的流行语说，我当场石化了。此时他们阖家即将迁往麻省，我匆匆见到小学同学一面，自然是彼此都看不到一点童年痕迹。

三

红楼落成于一九五六年，户式有大有小，由单位或组织按照行政教学级别和职务分配，主要分配给人民大学的教授、副教授和各级行政领导。父亲当时担任党委副书记兼教务长，尽管据说他颇为自律谦让，但还是分得了位于二层面积最大的一套，只是朝向是东西向，有些冬凉夏热。随着"文革"的深入进行，其动力也从最早的意识形态狂热扩展到实际利益驱动：年轻教职工纷纷"掺沙子"，搬进原来由教授、领导霸占的大房子，这本是继承"打土豪、分田地"的传统。由于父亲反右后不久即离开人民大学，后来所在的学部（中国科学院哲学社会科学部简称，社科院前身）当权造反派与人民大学的造反派

位于铁狮子胡同一号院内的"红一楼"（作者摄于二〇一六年）

彼此不对付，以至于两边都不那么容易被"掺沙子"，我家就在夹缝中拖延着住下来。街道"居民革命委员会"的老大妈隔一阵会来动员一次，被母亲和颜悦色、不卑不亢地拒绝。就这样坚持到一九七〇年，绝大多数人家住进了陌生人，我家成为仅有的钉子户。到了秋天，一方面终于顶不住了，另一方面朋友帮忙找到一套据说原来是用来作囚室关押反革命的房子。

在一个晴朗秋日的早晨，我坐在解放牌卡车敞开的后斗里，吹着风离开了"铁一号"，红楼从此成为童年记忆。

九十年代初还没有书挂在互联网上，想读中文书就要去中国城图书馆或者西郊侨教中心借阅。差不多每个月一次吧，或者去"大三元"饮茶，或者在一家小餐馆吃油条、喝豆浆，然后借若干本中文书回家。全本《日瓦戈医生》便是那时读的，然而台湾出版的中文译本实在令人失望。同时读的，还有《阿尔巴特街的儿女》，是戈尔巴乔夫时期始获出版的描述斯大林时代的小说。作者雷巴科夫是五〇后和六〇后熟悉的苏联作家，《短剑》《铜雀》曾经脍炙人口。然而随着苏联的消亡，那些在中国风行一时的苏联文学也多半不再被人提起，只有少数描写当年历史的小说传世。《阿尔巴特街的儿女》有两条线索，故事的主干是大学生党员萨沙被打成反革命集团成员流放西伯利亚的经历，另一条线索是大的时代背景：斯大林整肃部属，巩固权力。个人命运或者悲惨或者诡异，然而波涛之中仍有柔情。极权政治阴晴不定，漂浮着恐怖时代来临之前的冷酷坚硬。这里有爱与死、忠诚与背叛、谎言与威胁，当一切归于平静，青春与理想也随着屈服而烟消云散。

《日瓦戈医生》在美学上属于俄国而不是苏联，帕斯捷尔纳克更多是白银时代中人。在语言十分优美的叙述里，《日瓦戈医生》有巨大的悲伤。我十几岁时，读到一九四四年两位老友在前线重逢，一起回忆日瓦戈时，被他们的怀念压倒。与之相比，《阿尔巴特街的儿女》更像是一部苏联小说，雷巴科夫虽然对斯大林有很深刻的批判，但是他的思想与美学更多是受那个时期影响的。也许正因为如此，毛泽东时代成长的中国人更容易接受他。事实上，当我读《阿尔巴特街的儿女》时，会想到北京的大院。如今有时听到"北京的大院文化"这样一种说法，对此我是十分怀疑的。北京的大院是一九四九年以后形成的特殊社区，折射出那个时代严密的等级制度，如此而已，何来独特的文化可言？王朔以来，描写大院的小说不少，大多比较适合改编成言情电视剧，和《阿尔巴特街的儿女》没有什么可比性。由此也可见近三十年的小说，即使是与苏联时期相比，在现实性与批判性上的差距尚不可以道里计。

据说阿尔巴特大街现在是一条近似王府井一样的大街，人群熙攘，繁华绚丽。铁狮子胡同一号也从执政府变成一所红色大学，再变成教职工家属大院，到了上世纪末，张自忠路拓宽，成了平安大街的一部

铁狮子胡同一号院的大门（作者摄于二〇一六年）

分。记忆里的林荫道久已不再，不变的只有门前两头大石狮子，历经风雨沧桑，依然光洁如故，微笑着注视前方。小时候读《红楼梦》，对贾府门前狮子的想象就由此而来。是否贾府只有门前的狮子是干净的这件事，对于我并不重要，倒是看着故居门前这对狮子的照片不禁感慨，曾经赋诗一首以记之：

观儿时故居照片有感

世变人殊四十年，
石狮犹守旧家园。
红楼月照儿时梦，
沧海泪飞槛外烟。

那张带星星的火车票

一

有的人脑袋里装满了故事，有的人却只记住了几个意象。我是连自己亲身经历过的故事都往往记不清的人，但有些意象却一直不曾遗忘。我躺在地板上望着天窗，那长方形的天窗，像一张火车票的形状，布着几颗星星。

《带星星的火车票》是苏联作家阿克肖诺夫的成名作，一九六三年作为"黄皮书"（所谓"供内部参考批判"的书籍）由作家出版社出版。"文革"期间，这批"黄皮书"在北京悄悄流传。我第一次读《带星星的火车票》该是一九七三年，三十多年后，这部小说的情节我早已忘却，只约略记得这个片断，好像是出现在中译本的第二十八页，当"我"听到了死亡。这张"带星星的火车票"出现在我的生活里虽然只是偶尔，但总还会想起，不知不觉间，就成了生活某一部分的象征，和小说本身既有关联又不相干。在读北岛的《船票》时，我想他自然是读过阿克肖诺夫的小说的，"岁月并没有中断／沉船正生火待发／重新点燃了红珊瑚的火焰"，票的意象总有些相似之处。

据说我小时候是个很乖的孩子，但偶尔会有一些超常行为。大约四岁时，我不大说话，很爱傻笑或模仿汽车马达轰鸣。由于先天缺钙或者还缺什么别的，我那时还不能跑也不大会上下楼。我所在的幼儿园建于上世纪初，名声遐迩，里面都是好孩子。有一天在幼儿园午休时，我偷偷爬上二楼，却不敢下来，于是坐在楼梯上大叫，继而骂出一连串脏话不带重样的达几十秒之久，显示出超常的记忆力和语言能力，也证明我不是一个好孩子，因为那个年代好孩子是不说脏字的。结果自然是母亲被幼儿园阿姨们教育了一顿，我被母亲教育了一顿。可是谁都没查出我从哪儿记住那么些脏话，而教育的结果大多是不了了之。

上了小学，由于我是班上唯一在第一堂课就能够准确写出敬祝伟大领袖万寿无疆和接班人身体永远健康的学生，颇得老师喜爱。不过老师不久即向母亲反映情况：第一，课间不和同学说话玩耍，上课时常呆望窗外，浑然若有所思；第二，间或在上课时离座在教室后半部蹿步一周然后坐下。后者我自己也有印象：那间教室很大，后半部没有放课桌。时至今日，我仍然有坐一会儿就要起来转悠一圈的习惯。

大约很多儿童都有些超常行为，渐渐在社会化和教育过程中消失从而合乎常轨。然而我的生活却在小学一年级时就脱了轨。在"文革"动荡岁月里，我辍学在家八年，没有机会被完整灌输社会规范，倒糊里糊涂地见闻了时代的疯狂。尽管我还是很听话，也并非很敏感，但脱离常轨的生活本身就具有颠覆的气息。长大以后，我很感激自己的

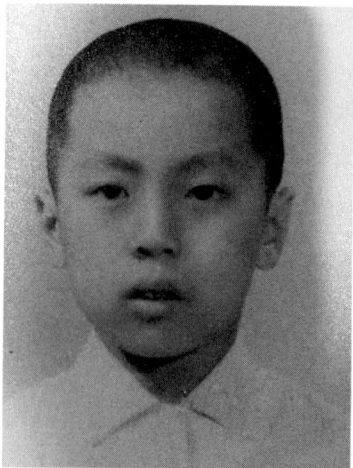

约十岁时的旧照

童年经历，虽然有许多恐惧，虽然并不觉得快乐，但我是那么偶然地被置于教化之外，日子过得混乱无聊而又自由自在。出生在生育高峰期，所在大院里总有一窝同龄孩子，在革命取代读书的时光里，成群结队地游荡街头。我因为不上学，自然就落了单，大约十岁左右就自己一个人搭乘公交满北京城乱逛。那时候北京市内只有二十八条公共汽车路线和十三条无轨电车路线，我不仅每一条都从头到尾搭乘过，而且曾经能够背诵所有的站名。学生月票是两块钱，但是由于我没有学籍，只能用一张贴着三哥照片的月票蒙混过关。有一次在北京人称为"大一路"的一路公共汽车上没有蒙混过去，被带到"文革"里改名"建国路"的八王坟总站。挨了一顿训斥以后，被告诉找家里人来交罚款领人，我忽然想起家兄有一位同学就在隔壁菜市场卖肉，就说你们让菜市场的范师傅来领我走。一路总站的人一听说我认识范师傅，立马脸色和蔼了许多。过了一会儿范师傅来了，事情就迎刃而解，罚款没有交，月票也没有被没收。当时买肉要凭票，北京一户人家一个月才有二斤，平时要靠早上排大队，才能有时候买到两毛钱肥肉。因此，卖肉的售货员备受尊重。

　　七十年代中的日记如今读来颇为有趣。有一天的记载是，从上午十点起床，就上楼去打扑克，中间除了两次下楼来吃饭，一直在打，直到深夜睡觉。另外一天是，在寒冷的冬季，整个天坛公园空无一人，枯落的杨树，高高耸立，直指天空。那是一个多云的下午，冬天北京的公园景色，从此走进我心深处。四十年过去后，上星期我走到颐和园的西堤。经过多年修缮，这里自然是换了人间，不再是记忆里的荒芜破败。仿旧重建的六桥，在十二月的阳光里，透露出似真似幻的苍凉，这种感觉仿佛曾经在天坛邂逅。

　　也许是因为这样的每日吧，《带星星的火车票》会给我特别的感触。虽然当时我就听说，这部小说相当受《麦田里的守望者》的影响，可是若干年后，我读塞林格的书，却没有太多的感动，也许还是因为苏联离我们更近吧。

二

在十一月的寒冷雨天，我和作家周泽雄相约在徐家汇港汇恒隆广场茶叙。在二十一世纪华丽气息的购物中心里，一边喝茶一边聊文学历史。他最近写的关于索尔仁尼琴的文章极具功力，精确而犀利。索尔仁尼琴有许多与众不同之处，其中之一是，与绝大多数作家相反，他的主要作品多半是在获诺贝尔文学奖之后完成的，以至于很多人不知道，他是因为《伊凡·杰尼索维奇的一天》获奖的。我第一次读这部小说，是在七十年代中期，它也是"黄皮书"之一，而且是非常罕见的一本，当时在北京有着相当的震撼，大多数人由于这本书才知道了索尔仁尼琴这个名字。

北岛那一代不少人曾经回忆过所谓"黄皮书""灰皮书"的影响。他们的文学起点乃至思索起点都与之息息相关。每个时代皆有其主流意识和话语，通过各种媒介渗透到人们的潜意识中。大多数人的一生，是在几种主流意识和话语中游移的过程，被刻下所谓时代印记。往往被忽略的，是某一陈述背后的预置前提，是种在骨头里的价值观。怀疑精神并非与生俱来，和成年后近乎逃避的自我边缘化选择一样，都不仅基于理性认识，也在很大程度上是一种经验性结果。读书是我少年时最深刻的经验，之所以读书，其实也是偶然。无非是由于那时既无网络、更无游戏，我被摒除在学校门外，渐渐连个小伙伴都没了。关于读书，我毕生感念黎澍先生。在他的家中，有一间大约十五平方米的书房，里面是一排排书架，整整齐齐地摆满几千册今天看来也还是质量很高的书。这个书房的存在，在那时已是极其罕见，而它居然历经劫难始终安然无恙，多少让人觉得不可思议。黎澍先生是十分爱惜书的藏书家，并不轻易出借，却对我们兄弟几人格外渥待。如果不是从那间书房里找到那么多书，我是不会在十六岁之前就接触到许多西方文学经典的。这些经典为我打开了通往另一个世界的门，虽然我那时能读懂多少,后来又记住了多少,我不很清楚,但也许根本就不必去弄清楚了。我虽然少年时一度有眉毛微微皱起作深沉状,时不时叹口气的毛病,但是心里还是清楚自己并不是爱思想之人,对于前贤能够理解多少,更是从来不敢炫耀的。可以确认记得更清楚的,是《红楼梦》,洁本《金瓶梅》《三言二拍》《十日谈》等等。这也更合乎人性:少年发育期本来就应该荷尔蒙远远高过思想。

我再回到学校时已经十六岁,行为大体正常,偶尔有见到老师脱帽鞠躬、引来全班哄笑的小插曲。心智发育基本成熟的标志之一,是我已经开始单相思。有异于常的是我既不苦恼也毫无少年羞涩,而时不常会口中念念有词,心情激动,有如朝圣般去那位大我两岁的女孩家里。以今日的话语描述,那女孩当时正在知识小资的初期阶段,在一片蓝灰国防绿曲线全无的年代,穿着小花衬衫细腿裤阅读《爱因斯坦回忆录》。我一直感激从她那里借的这本书,其中很多译文当时有醍醐灌顶的感受。比如说,我从此相信怀疑比信仰更使人接近智慧,相信人不必相信宗教却不可没有宗教精神。

<h1 style="text-align:center">三</h1>

第一次坐高铁,车票不再是硬纸壳,而是薄薄的一张纸片,上面没有星星。车站很高大上,大概是讲究大国气派吧,看上去更像机场,与日本新干线车站不可同日而语。我运气不好,高铁走了半小时就停了一小时。过天津后,窗外看到华北平原白雪茫茫,听说高铁也如飞机,一晚就晚几个小时,不知道什么时候能够抵达。这种不确定感和窗外飞逝的雪景,反而让我回想起年轻时的漂游。疾走在地铁通道,然后上高铁,就好像三十多年前在日本乘新干线的重现。在不同时空,沧海桑田后,历史往往惊人地相似或者重复。经历风雨后,才知道太阳底下无新事比历史不断进步的观点靠谱多了。

车过济南,雪花渐渐消失,南方越来越近。曾经写过:我一生在雪国向往南方，时间就在向往中逝去。贺知章的"少小离家老大回，乡音无改鬓毛衰。儿童相见不相识，笑问客从何处来？"是我最早会背诵的诗之一，没有想到近半个世纪之后，完全应验在自己身上。上一次在国内游荡超过一个月，还是在一九八八年夏天。高中时的朋友在北大任教，有一双年轻而明亮的眼睛，还有梦幻般不大连贯的思绪，经常写长长的信。我收到过的最长的一封信就是他写的，满满二十二页都是关于文学、历史、人生感悟。手书长信交流思想，是青年时代难忘的回忆之一。可惜我收到的绝大部分书信，在八十年代末的一场幻灭中被我付之一炬。

上一次去颐和园，也是在那个夏天。我和他划船在湖上意兴遄飞，聊了整整一个下午，然后去维兰西餐馆吃饭。八十年代初期开张的维兰应该是北京最早的私营西餐馆，创办人据说是从外交部服务局退休的一位老师傅，厨艺很高，一开张就备受好评。餐馆位于颐和园正门外不远处路北一家不起眼的小四合院内，客人却特别多，从大学生到外国政要什么人都有。我至今怀念一块六一份的法式猪排味道。那天我们一定是吃过法式猪排之后挥手道别的，不曾想从此再也没有见面。生活与历史都发生了太多变化，谁也不能回到从前。我几次找出一个电话号码，最终却没有拨。仅仅是一种习惯，有时我宁愿把一些难忘的人与事尘封在保险柜里。

抵达上海时天色黄昏，我拖着拉杆箱从高铁去地铁，从地下升起，进入一个温暖的包间。二十一世纪的友情，更多开始在网上，那天晚上十位八年前一起办"燕谈网"的朋友在"小南国"为我接风。我的感言是上海太温暖了，引来哄堂大笑：我被告知那是今年上海最寒冷的一天。以文会友的缘分，其实是青年时代的延续。和周泽雄的相识，也可以追溯到八十年代的文字神交。这一次又是阔别有年，于是安安静静谈了六个小时。中年以后，朋友之间的交流不复激情四射，更多是信任与会心一笑，最后在一顿热乎乎的火锅中结束。

民以食为天的国度，大多数记忆都与餐饮有关。几年前听说维兰西餐馆又开张了，新的老板是创办人的儿子，老师傅已经不在。我专程前往那里晚餐，餐馆坐落在苏州街上很繁华的地段，从外面看上去气派了很多，店面也大了不少，但是感觉上和往日的景象与味道已经没有什么关系。这其实也不足为奇，过去的四分之一世纪，把关于这个城市的旧日痕迹几乎全部抹平了。冬季雾霾深重，难得一个晴朗下午，在颐和园环湖行走一圈。水光山色，依稀当年。当年我身在象牙塔中，却因为年轻对塔外的世界有太多的关注。不过我还是想回历史系工作，也受到系里的欢迎。系副主任告诉我：分房子肯定是没戏，但是会考虑给我一个副教授职称。那年夏天，我以为回国教书是不久以后的事情，千里迢迢把一箱子"黑胶"背回了北京。

然而我终究没能成一个研究历史的人，由于无可逃避的命运，也为了活得诚实，我突然离开了书中世界。有许多年，我不读书也不再想读书。毕竟，生活有很多层面，而我的性格又从来不是非要如何如何的。对于历史的阅读以及在几种不同文化里生活的经验，已使我对自己并不在意，而且我一直反感精英意识和以自我为中心，在茫茫天地岁月之间，一个人包括其选择是那样微不足道。对于我个人来说，也许重要的仅仅是那张带星星的火车票，引领我从少年走到此刻，没有目的与意义，我也注定不可能知道哪儿是终点站。

列车正点抵达福州。当天晚上，在郊外的温泉，雾气氤氲、灯光梦幻，本应是满天星斗的清晰夜空，在霓虹中显得朦胧。这是一家寂静的温泉，人工山水的掩映中，世界显得很不真实。也许我们正是生活在许多这样的隐喻之中，也许我们早已失去最初的那张船票或者火车票。无论如何，我还是倾向于相信，那些闪光会留在心底。

那是一张带星星的火车票。

多少风云逝忘川

一

今年春天，我去东方新天地拜访一位海归的朋友，他在那里的高层写字楼上开一间投资公司。走在这个寸土万金的地段，和走在芝加哥或者纽约市中心感觉差不多，倒有些让人想不起北京。会完朋友出来，想确定一下方位，左右看看，不知身在何处，便去看高德地图，忽然明白原来这里差不多就是当年东单菜市场的位置。

那是我少年时隔三岔五就要来买菜的地方。那一天我就在这里，如果我记得不错，应该是一九七六年一月十一日，周恩来灵车从北京医院出来，缓缓驶过长安街，从东单往西至少到公主坟吧，不计其数的人为他送行。我本来是衣袋里装着网兜来买菜的，却在马路砑子上的人堆里不知站了多久，肃穆又激动地见证了后来上历史纪录片的一幕。灵车队伍走得很慢，长安街的两边，里三层外三层的人，有许多啜泣的声音，更多人忍住泪水，目光发直，沉默地注视着。沉重的瞬间给人一种时间停止了的感觉，实际上不过几分钟，却又仿佛是一次洗礼。

如今我们知道一九七六年是当代史上十分重要的拐点，从一月八日周恩来逝世，就开始得惊心动魄。整整一个星期，长安街上经常挤满人，哀乐飘浮在空气里。这是一代人里的第一次：人们不是响应号召，而是自发走上街头；这也是第一次：一个人的死亡能够引发这么巨大的集体悲伤，其中蕴含着巨大的张力。生来泪点很高的我，越是觉得该哭就越没有眼泪，但正在起哄架秧子的年龄，而且那天也确实深受人群的感染。巨大悲伤铺天盖地压下来的感觉是难忘的，虽然长大以后，我认识到悲情往往反映出深深的失望，不过集体无意识或者说民心的力量，真的是经历过才会懂得。

随着清明节的临近，北京市民再次向广场聚去，此时愤怒盖过了悲伤，于是有了那首著名的诗：

> 欲悲闻鬼叫，我哭豺狼笑。
> 洒泪祭雄杰，扬眉剑出鞘。

最后一句"扬眉剑出鞘"脍炙人口，后来成为描写著名女子击剑运动员栾菊杰的一篇报告文学的题目，据说还进了中学课本，再后来很多人就不知道这句诗的出处了。

从三月二十八日起，我几乎每天都在广场上，抄写诗与文章，听那些慷慨激昂的演说，和人群一起激动。高度亢奋的状态一直持续到四月五号，在这一段时间里，空气越来越紧张。好几位在工厂当工人的朋友，因为是工人民兵，就忽然被集中到不知什么地方去待命。后来有一位告诉我，她在劳动人民文化宫里憋了好几天，里面的厕所不够用，满公园都是尿溺的味道。四月五日下午，我照例搭乘大一路去广场，可是车到中山公园没有停，直接把我拉到西单；我往回乘车，还是没有停，一下就开到了王府井，我莫名其妙，感觉有点丧气，就干脆回家了。后来才明白，没有停车是有原因的。当天晚上，在广场上悼念周恩来，抗议"四人帮"的民众遭到镇压，部分人被逮捕，他们中间不少人后来被释放就成了也确实是反"四人帮"的英雄。不过，也有些另外的故事，比如说有一个十五岁的中学生跟着人群冲进了据说是工人民兵指挥部的那栋小楼，看见办公桌上有一个小闹钟，就顺手牵羊了一回，结果自然是被抓进去关了小半年。粉碎"四人帮"以后，他也去申请平反，被告知说小偷什么时候都是小偷，不过这次就不追究了。

一时间人心惶惶，各单位都在追查，学部是高级知识分子和老干部聚集的地方，被重点盯着。四月的第二个星期里，时不时有陌生人在楼前楼后晃悠。楼里的青年大多数都是广场常客，一个小伙子本来就有点结巴，这一下更结巴了；另外一个在外省农村插队的，据说吓得三天三夜没睡着觉也没敢出门，缓过一点劲以后，立马逃回插队所在地，积极劳动表现去了。生活往往高潮之后是低谷，那年春天这种感觉特别明显。日子一天一天缓缓过去，报纸上反击"右倾翻案风"如火如荼，生活中大人们都有些蔫与漠然，不知道是因为政治运动太多，导致人们再而衰、三而竭，还是虽然嘴上不敢说，心里已经意识到自然规律谁都无可抗拒。天气早早就炎热起来，那年夏天闷热反常，让人烦躁不安，远处的天边颜色发红，水里的蛤蟆纷纷爬上了岸。后来不止一个人告诉过我，有一种要发生什么事情的感觉，于是我知道自己的感觉并非荒唐无稽。七月二十八日凌晨三点四十二分，地动天摇。我醒来听见母亲在喊"快下楼"，我好像问了一句："要穿裤子吗？"回答只有一个字："穿！"人的潜能在灾难来临时会忽然被发挥得淋漓尽致，我几乎无意识地完成穿上裤子、从三楼冲到楼下的过程，等我恢复意识时已经到院子里了。

天亮时人们听说，唐山发生了大地震。

二

几天前，朋友转给我一部据说是王小波生前唯一接受采访的短纪录片，在手机上看，声音难免有些失真：在我的记忆里，他实际上说话的声音更加沙哑低沉一些。但是他的神态真是一点都没变：看上去有点疲懒，貌似心不在焉，时不时目光闪闪透出狡黠。采访时他就这样不紧不慢讲着故事："文革"里有个人被狠狠踹了一脚，受伤了，还伤得不轻。这个人想不通为什么踢他，就不停地写"大字报"，不停地问为什么。那么他伤着哪儿了呢？"龟头红肿。"王小波反复认真说了三遍，然后咧嘴一脸坏笑，黝黑的脸上露出一嘴白牙。然后他对采访他的意大利记者说，他不知道这是不是黑色幽默，但这是一个真实的故事。

这个纪录片据说是整二十年前拍的，我记得最清楚的，却是他一九七六年的样子。大地震后，北京几百万人大多数住进了防震棚。我家所在的学部（后来的社科院）宿舍，由于两栋楼之间距离不够，搭不了防震棚，于是居民作鸟兽散，各自投亲靠友，我们就住进了大木仓胡同三十五号教育部大院的防震棚。所谓防震棚，其实就是用钢筋搭起一个巨大的棚架，顶部盖上毡子。教育部大院前身是清朝的郑王府，传说是北京著名的四大凶宅之一，改成教育部后，西边盖起了办公楼和宿舍楼，东边几进院子还都是平房。地震发生后不久，在平房

王小波（后排右二）和发小们的合影，时间约为一九六六年冬（照片由胡沙先生次子胡贝提供）

大院里搭起了统一的大防震棚，每个棚里几十家人打大通铺。大院里的居民自然不用说，外面的人好像也住进来一些，我们在父母好友胡沙先生和王方名先生的夫人宋华女士帮助下顺利入住。

大地震带来的恐慌与悲伤渐渐过去，但日常生活还处于半停摆的状态。那年夏天是我第一次露宿，每天晚上大通铺里此起彼伏的欢声笑语或者吵喊叫骂，带给人一种热闹嘉年华的感觉。那段时间回想起来还记得住的，不是在胡沙先生家打扑克，就是去王小波的屋里下象棋。他那间独处拐角的小屋又暗又乱，却是院里小伙子们的据点之一，漂浮着北京卷烟厂特有的带点巧克力香的烟草味。王小波虽然把《绿毛水怪》给大家传阅过，可是谁也没想到他会成为一个著名小说家。当时他倒是以邋遢著名：瘦高的身材，在空空荡荡不怎么白的背心里，嘴里叼着半截烟，脚下趿拉着一双拖鞋。在我看来，这副德行其实更加本真，祛魅的原意之一就是打破那些高大上的幻觉。地震刚发生时，学部宿舍流传过的段子之一是，某单位道貌岸然忒严肃的头头地震时穿着一条花内裤就跑了出来。那天早晨确实有不少人穿戴不齐就跑出来的，不过我印象里永安南里七号楼、八号楼的老知识分子都不曾失态。好像是冯至先生吧，天亮后，我看见他照例穿着府绸短袖衬衫，胖硕的身子坐在一个马扎上，厚厚的眼镜片后面，目光有一点疲倦发呆。

虽然消息被严密封锁，其实我们当时就知道，唐山整个一座城市被毁灭。不过生活让人来不及去悲伤、去寻找真相，一夜之间，北京从一个政治中心变成一个求生、求安全的城市，人们更关心的是不要被倒塌的房屋砸死，抢购储备足够的水和食物。当生存变得更为紧要时，其他的一切风云就忽然隐去痕迹。大人们忙着柴米油盐，我却露营得兴奋不已，每天晚上都溜出去玩到半夜才蹑手蹑脚地回来。

三

我在一九七五年曾经写过一本详细的日记，一九七七年的前两个月也有日记，可是现在却找不到任何关于一九七六年的记录。我不知道是遗失了，还是当时根本没敢写日记，我比较倾向于后者。读一九七五年的日记，我就看到自己当时已经时不时写得语焉不详。一半来自大人的教诲，一半出于本能，自我保护与自我审查意识不知不觉就浸透在文字里。当然从中还是能够得到一些信息：比如说我在重读《约翰·克利斯朵夫》，也在读《罪与罚》；在十五岁上，我自以为很成熟，也确实读过大多数同龄人没有接触到的《赫鲁晓夫回忆录》、德热拉斯。然而重读一九七五年的日记，我当时顶多是有点约翰·克利斯朵夫式夸大的浪漫激情，背后无非就是少年荷尔蒙高涨而已。假如早十年荷尔蒙被激发利用，就催生了红卫兵、抄家、大串联、打群架、拍婆子等等；可是我生也晚，成长环境与经历又有些不一样，于是走向了另一个方向。事实上，在那个政治无处不在的年代，在北京这个老百姓大都关心政治的城市，从老人到少年，倾向几乎是不可避免的，区别只是说或者不说罢了。父母和他们的相当一部分朋友，自从"批林批孔"开始，私下里几乎不再掩饰对"文革"和"四人帮"的反感，只是大多数时候说的比较隐晦，不敢指名道姓，而是只可意会。黎澍先生这样生性耿直的党内知识分子，会说得比较大声露骨；张遵骝先生这样从民国时过来的知识分子，会说得很谨慎而且引用马列经典。

父亲在主编《中华民国史》，但也非常关心时事，不少时候会在晚上带着我去红霞公寓串门。那是位于北京饭店后面、南河沿东的一个小区，在六七十年代的北京非常有名，住着一大批在职或赋闲的党内外高级干部和闻人。在那里可以听到各种小道消息，我想父亲在相当程度上是冲着这个去的。我去过那里的不少人家，印象比较深的是宋一平，他是父亲四十年代在中共北方局青年委员会时的同事，七十年代中期任学部负责人，后任国务院副秘书长。宋一平注重仪表，风度翩翩，说话谨慎，但是对父亲似乎十分信任。他曾经问父亲有些话当着我的面说合适吗？父亲告诉他，老四虽然年纪小，但是懂事，嘴也很严。大多数时候，他们聊天我在旁边听着，有时看本书、吃点零食。这样的言传身教是不可能没有影响的，而且我在"文革"中从小学一年级起就一直辍学在家，没有接受那个时代的革命教育，反而是读着当时被禁的书成长。别的孩子天天背诵"最高指示"或"语录"，写大批判稿时，我却在家里拿个笔记本抄写唐诗，自己编选唐代七律和七绝的选辑。学校里教的、报纸上写的语言都没有能在不知不觉中浸透，我很早就敏感于人们在家说的话和官样文章的巨大差异，到了一九七六年，几乎是背道而驰。夏天住地震棚的时候，小伙子们还在谈春天的事件，那些被抓的人让他们同情，甚至有点崇拜。我自己其实也有点遗憾：如果我不是因为不会骑自行车，就不会乘大一路，也就不会因为公共汽车不停就回了家，很可能我会在广场亲身经历。我甚至想象自己被抓了会怎样，想到这里有一点点兴奋，也有一些悲壮的感觉。我其实还在似懂非懂的年龄，不过男孩子的英雄主义，对外部世界的怀疑都是在那时萌芽的吧。当时并没有意识到这二者对我的人生会有重要的影响，我一直觉得自己是很胆小的，少年时对喻培伦、陈天华的敬意也就是缺什么想什么而已。许多年后，发现自己有不靠谱的一面，不盲从的习惯，虽然也容易造成困扰，不过生活得不那么现实，对主流价值不那么追从，有时还是很必要的。

地震棚的夏夜，躺在操场上数星星，在开阔自由的感觉里，越来越有末日狂欢的气氛。大人们无论革命积极与否，在骨子里其实都有迷信的一面。大地震本身是大灾难，却又隐隐预兆着更大的事情也许会发生。所以，九月九日中午当收音机突然预报即将播出重大新闻时，很多人马上就明白了。下午三点，哀乐响起，播音员声音无比沉痛："我党我军我国各族人民敬爱的伟大领袖、国际无产阶级和被压迫民族被压迫人民的伟大导师……伟大的领袖和导师毛泽东主席永垂不朽！"

从九月九日到九月十八日追悼会结束，全国下半旗，所有人都戴着黑箍。生活照常进行，只是所有娱乐活动都停止了。我家没有电视，有时去邻居家看九寸黑白电视上的新闻联播。每天都是全国人民如丧考妣，许多人在镜头前哭得死去活来。也许是因为学部宿舍里所谓"牛鬼蛇神"比较多吧，人们表情严肃，沉默寡言，却也看不到很悲伤的样子。那几天很多家都是窗帘紧闭，朋友来家里也是天黑以后蹑手蹑脚地到来，感觉仿佛又回到了"文革"初期那两年。我在九月初刚刚从地震棚搬回家里住，夏天玩得太多，心收不回来。一个多月天天打扑克，忽然不能打，让我无法忍受。在一个月黑秋夜，我缠着来家里串门的朋友，打了一次扑克。

四

二〇〇四年的新年之夜，一位年轻朋友约我去酒吧，我到了之后才发现那里就是长椿街，我在师大附中上学时曾经相当熟悉的地方，然而已经变得完全认不出了。酒吧位于地下，也许以前是防空洞吧。在暗褐色的灯光中喝酒，谈诗与文学，年轻朋友的专业是钢琴，诗却写得非常有才华。我们在一个梦幻般的夜里迎来了猴年，如今又是一个猴年，朋友已是中年，相当著名的钢琴家，好像不大写诗了。长椿街也又换了一番模样。我们是两代世交，我依然清楚地记得，是在毛主席追悼会过后没几天，听说了他的出生。不知是谁冒出一句："希望他活在一个更好的时代。"

大人们关注的是之后会发生什么？二〇〇七年曾任《历史研究》总编辑的李学昆先生来芝加哥探亲，告诉我黎澍先生在九月中旬就说过"四人帮"最多一两年后就会垮台。以黎澍先生和家父的交情，他们也想必有过类似的谈话，不过他们说这些的时候应该不会让孩子在场。黎澍先生家并不住在永安南里学部宿舍，而是在隔壁的灵通观。那里有三幢当时非常罕见的九层楼，黎澍先生住在最西边一幢的八层，叶选平当时住在九层。他的夫人吴小兰是吴玉章的外孙女，父亲是吴玉章任人民大学校长时的校党委成员且帮助他撰写回忆录，可以说是忘年交，因此和吴小兰女士有些交往，偶尔带我去她家串门。

我的家人从"文革"开始，经常昼夜颠倒，起床很晚。十月八日早上九点半，忽然听到有人用力砸门，母亲赶快起来开门，但见黎澍先生衣冠不整、挥舞着双手冲进来大叫："抓起来了，都抓起来了！"我们全家人都不禁跟着他欢呼起来，这是一个很难忘的时刻，闭上眼睛，那个晴朗的秋日依然如昨。我们就这样知道了"四人帮"被捕的消息，这个小道消息从那一天起像风一样在北京流传。

　　二〇〇六年秋，我读到一篇《"四人帮"倒台的消息是怎样传播到民间的？》，文中提及黎澍先生和父亲等人："六日，首先是'近水楼台'的中央广播事业局内的人员，在晚十时电台被接管以后，一传十，十传百，迅速知道了。……当晚，从唐山返京的于光远，从妻子孟苏处听到消息，不敢随便相信。他约了黎澍，黎澍又约了李新，共同在大街上散步。四人分析了一番，确认消息是可靠的。于光远回到家已是午夜十二时，他打电话给国务院政研室的同事李昌、冯兰瑞夫妇，要他们马上到他那里去。于光远见到他俩就说：'五个人都抓起来了。'接着，他讲了一些他听到的事情经过。李昌夫妇回到家后，兴奋得许久没睡。"作者是"文革"史家，应该是采访过当时健在的当事人如于光远先生，可惜与我亲历的情景全然不符。半夜散步一事显然不曾发生过，消息传来的时间也是八日，而非六日当夜。事实上，六日当夜就"一传十，十传百，迅速知道了"的可能性很低，因为整个过程从当天晚上八点才开始，到第二天凌晨才告一段落。从常理推断，这个过程是要十分严格保密的。父亲的大多数朋友听说这个消息都是在八日或之后，李昌、冯兰瑞伉俪亦是他的密友，如果知道得更早会电话通知的。我问过黎澍先生的女公子，她也记不得是否是从叶选平那里得到的消息。四十年过去，部分细节散失难以复原也是在所难免，后人所能做的，只是尽力又谨慎地描述历史场景。

　　我就这样经历了一个时代的结束与另一个时代的开始。

北京师大附中初三八班

一

　　岁月不居、人事渐纱，记忆在不知不觉里褪色。在《明暗交错的时光》里提及陈绂先生，说他是陈宝琛曾孙，后来家兄告诉我，陈绂先生是陈宝琛幼孙，已故世多年了。书写往事，虽难免个人色彩，但基本的准确度比文字水准更为重要。以前，或以记性好自诩，最近发现这种能力的衰减，是和年龄增长成平方比的。

　　"文革"时，小学、中学成立红小兵、红卫兵闹革命不读书，直到一九七七年恢复高考，风气才为之一变。而我自一九六八年冬小学一年级时辍学，度过八年多自由自在的日子。一九七七年初，周围大人们开始传播有关恢复高考的小道消息，突然起了些高玉宝式"我要上学"的心情。在十六岁上，我囫囵吞枣地读过从《神曲》到《苔丝》一溜儿经典，但数学只会一元二次方程，物理、化学根本没学过。虽然按年龄该上高一，我一开始连上初三都是跌跌撞撞。好在当时还是就近入学，大多数学生还不读书，只要不捣乱就不算差学生。很快我就赶上功课，于是故态复萌，带着小说到学校看。一次带屠格涅夫的《初恋》《阿霞》，班上几个所谓"坏学生"，看见书名和插图，断定我是在偷看黄色小说，立刻和我哥们儿起来，课间很神秘地给我看他们的黄色照片，我一看，原来是费雯丽等明星的大头像，便一一道出名字，几个家伙大乐。若干年后，在东单偶遇其中一人，犹相谈甚欢。

　　我最初进的是北京市东城区一二四中，曾经是北邻二十四中的一部分，后来分出，取名"外交部街中学"，现在好像又并回二十四中了。辍学八年后，我没了学籍，连户口本上的成分都是"无业"，幸亏家兄在一二四中任教的同学帮忙，才得以插班。一二四中虽然是一所普通中学，师资不很强，当时按片分来的学生却有很多来自外交部、协和医院、人艺、北京军区等单位或大院，成分驳杂。此时校园秩序较"文革"时有所恢复，但时不时仍有打群架一类事情。为首的几个，似乎家境不错，不是穿黄军呢就是着绿军衣，脚上崭新的"白边懒"。印象深的是一位姓车的同学，矮个黑瘦，小眼有神，外表就是特别能打架、上来就动家伙的狠小子。我少年时面白唇红，走路一摇三晃，入春仍穿一厚棉袄，笨手笨脚，一望而知是个不中用的。由于色素沉淀和日晒变成黑红，因为吃得多也好歹干点活变得厚实，都是人到中年以后的事。虽然不大灵光，但我素来喜欢到处逛荡和人搭讪。不久，这位小车同学想必是听说有这么一个新插班的，某日在操场把我截住，他比我矮几乎一头，一声不吭、自下而上地盯着我。我心里发毛，但知道这时候既不能惹他也不能太怂，只好作微笑状眯着眼看他。僵持了一会儿，围上来几个看热闹的，小车一转脸吼一声："你们丫看什么看？"人群散，他也走开了。

我就这样回归了社会，每天背个书包走五里路去上学，不久跻身于学习好的学生之列。不过，我几次课上举手指出老师的错别字，说明我对社会规范还相当陌生。这年秋天高考恢复，各中学开始筹办重点班。位于和平门的北京师范大学附属中学十分有名气，可就近分来的学生大多成绩不佳，情急之下，私自在全市通过熟人介绍招生。原在师大附中任教的杨天石老师，这时候刚刚调入社科院，热情介绍我去考试。师大附中师资极好，尤以数理见长，出的考题让我几乎晕倒。幸好我作文、英语均佳，遂被录取。北师大有三所附属中学：师大附中、实验中学和师大二附中。师大附中前身是师大男附中，创办于一九〇一年，有诸多知名校友，时下最著名的大约是半个世纪前"大跃进"时积极对亩产万斤做科学论证的钱学森。实验中学原为师大女附中，历史也很悠久，宋彬彬是极具争议的著名校友之一。二附中的成立晚近得多，但因位于师大旁边，反而近水楼台，师资、生源稳定。

二

春季学期开学第一天，我迟到许久，班主任已在讲话。我走进教室，径直到讲台前，摘下帽子，鞠躬二十度，以朗诵般声音说道："老师，您好！我是李大兴，向您报到。对不起，来晚了。"全班安静两秒，然后爆发哄堂大笑。老师有些错愕，等笑声停顿，说你就先找空坐下吧。我见第一排还空着一个座位，就遵命坐下。一会儿课散，便和邻座聊起来，邻座少年老成，和我截然相反，却自那天起结下三十多年同学友谊。其间时有聚散，虽然同在美国，却是动如参商。好在所谓友情者，是一种能够穿越时空的感觉。疏懒如我，往往是不在一个城市就想不起去联系，然而一见面彼此就觉得仿佛回到了从前。虽然从前是回不去的，只见下一代迅速长大，自己须发渐白。

新成立的初三八班，人丁兴旺，以至于最后一排要加几个课桌连在一起。我因脑袋硕大、身材竹竿，几乎每次排位子都被分到最后一排。这一次被夹在中间，左面是脸蛋扑红、严肃认真的女班长，右面是刚从抚顺转来、两圈眼镜片、一口东北音的 P 君。一时间我再也无法藏书在课桌下，眼观鼻、鼻观心作听讲状看小说，只好老实上课。班长和 P 君都是标准好学生，善良老实、热爱学习。我平时忍不住抄作业，虽然注重互通有无，主动请邻座抄我的，可两位邻座不但自觉，而且脸红，倒像他们做了错事。我也过意不去，改从隔一个座位的 Y 君那儿抄。Y 君一直和我投缘，功课拔尖且认真，后来在高一和我同桌，成为我交作业的主要供应来源。我自以为老师们都不知道，作业抄得很开心、交得很坦然，不曾想上世纪末时物理老师还清晰记得这事。多年以后，我才明白少年时耍的小机灵，哪里逃得出老师法眼！而师大附中几位老师的高明之处，不仅在于教学，更在于对学生的爱护和宽容。我的班主任张老师，六十年代中期毕业于北师大数学系，温和严谨、细致认真，喜怒不形于色。她在八十年代后期曾经告诉我，她当年一看见我，就觉得我和别的学生不一样，也就没有像对别的学生那样要求我。的确，我比同学们年长一两岁且经历独特，相对来说成熟得多，张老师显然是察觉到这一点，对我说话更像和一个成年人谈话，总是商量的口气。

我本不是"刺儿头"，更经不起顺毛捋，加之几位老师课确实讲得好，很快就从不得已的老实听课变成着迷地上课、玩命地做题。不仅如此，不久我被从语文课代表提升为学习委员，每天负责收作业，自然就不抄别人的了。

一九七八年春天，七七级大学生刚刚入学，全国为准备下一次高考抽疯般忙碌。那是学校终于可以业务挂帅的年份，师大附中"文革"里被红卫兵打得半死的老校长官复原职，他是"三八式"干部，政治上此时占了上风，培养一拨能够为学校争光的学生成为当务之急。于是，初三七、八、九三个新组的重点班得以配备业务最强的老师，虽然他们都不是党员。教物理的顾老师当年是北师大物理系的尖子；教数学的乔老师更是"文革"前北大数学系高才生，才气风流，外表是孙道临扮演的肖涧秋一路人物，一望可知是教师里另类。他们此时三十多四十出头，终于能够一展才华，教学十分投入。

师大附中虽是名校，但除了一栋两层砖楼，全是平房，院落大约也还是民国时期的结构。进校门，一条主路通往操场，操场后面是四个并列的里院，每个院有道圆拱门，走进去院落深敞、别有洞天。初三八班位于右起第二个，也是最大的院落，一进拱门两边都是教室，容纳了十几个班。三个重点班占据了三间坐北朝南的宽大教室，粉刷一新；对面的一排普通班相形见绌，多少像后娘养的。我当时以身体不好的名义，逃避上操，独自坐在教室眺望对面。普通班有一拨被认为"小流氓"的坏孩子，头头是个女孩，个子是否很高难说，穿了双七十年代还很稀罕的半高跟，显得挺拔飒爽。女孩有股北京胡同妞的泼劲，眉毛上挑，眼神里更有些野气与凌厉，后面跟了一溜小男生心甘情愿做她的"催巴儿"。已经是"文革"后，师道尊严恢复，学生的野性却远未被驯服，两者之间关系微妙。女孩避免和老师、"好学生"直接冲突，只在课间操带着队伍在里院逛荡。有一次闯进初三八班教室，只有我一人，女孩和她的小分队围了我一圈，死盯着我。我以不变应万变，端坐入定，女孩最后摸了一把我的脸，留下一句"哟，还挺嫩"，飘然而去。

三

在那个春天，我和两三同学，常受老师小灶辅导，直到月近中宵，有好几次是赶九路公共汽车末班车回家，又累又饿。春夜温暖，拱门边几丛丁香阵阵；月色如水，洒在新铺过柏油的操场上。虽然后来选择学文科，但我一直感念满面疲惫地推着自行车走出学校的老师。三个月下来，我对高中数学、物理豁然开朗，一下由糨糊状态跳跃成参加竞赛的选手。此前，我对自己能否学好理科毫无信心；此后，我尽管把所学悉数还给老师，却多了一份人生中很重要的自信。

在《哥德巴赫猜想》的光环下，数学、物理竞赛风行一时。不过，我几次参加数理竞赛的成绩让人啼笑皆非：区数学竞赛取前三名，我高挂第四；市物理竞赛初赛取前五十名，我列榜第五十一。好在我皮厚心宽，胜易骄但败不馁，从未因一两场考得差垂头丧气，倒屡次由于心不在焉、错得离谱把老师给气坏了。非始料所及的是，参赛既给我自信，也使我见识了山外有山，后来反而促使我在重理轻文的时令里，决心弃理从文。少年的好胜虚荣是一时努力于数理的动力，到必须有所取舍时，回归文史是自然的选择。

《哥德巴赫猜想》轰动全国，但给我的感觉用北京话讲是"起腻"——那时候还没"煽情"一词。不过，陈景润的流行，在当时学校里还是有助于宽松环境：只要学习好，其他怪异多少就被容忍。邻班一男生，十六岁依旧发育未全，小个、细脖、大头，聪明用功，沉浸在数理世界，从不玩耍，常在手心、衣袖上做题，口中念念有词。我看着他，不无罪恶感地想到，在手心、衣袖上偷写答案作弊是高招啊。我自己也是怪物一类，三十年后，据说同学还记得我挤公共汽车时不忘背诵英语。只不过我不仅是有些所谓"怪"，而且是多重性，或曰复杂。我只在学校用功，回家继续看闲书，时不时写古诗；只在学校老实，出校门就戴上墨镜，书包里还藏着烟。时有李副校长，似乎也是三年内战时的妇女干部，矮敦而略具双枪老太婆的风度。虽然风标急剧转向业务挂帅，政工干部不大受待见，而李副校长纹丝不动地重视本职工作，每天早晨站在校门口检查风纪，不老实的学生见她多似老鼠见猫。我自幼养成见人先打招呼的习惯，每到校门，必向看门的李大爷和李副校长两位本家长者请安。这本是平常不过的礼节，在当时却不多见。所以李副校长尽管几次看到我在门外匆匆摘掉墨镜，有时满脸狐疑地上下打量我的装束，终于没有发作。——天气暖和时，我穿一条淡蓝色府绸长裤，北京人所谓"哆米索的裤子"，虽不醒目但颇为罕见。我又是在匮乏年代里极少矫正牙齿的少年，一笑露出一排铁箍和铜丝，也常让人一怔。

在传闻、酝酿、博弈半年多后，一九七八年夏天北京中学废除"文革"时期按片招生的大锅饭，恢复市重点、区县重点、普通中学三级制。七月中旬，北京市举行了"文革"后第一次全市高中统一考试。不过，那一年与后来不同，虽然是全市统考，市重点却不是全市招生，而限于所在区县。这一决定公布，入选重点中学的学校欢欣鼓舞，成为普通中学的学校怨言纷纷。师大附中被定为宣武区唯一的市重点，囊括全区最好的学生；而一二四中虽然原来生源颇佳，但沦为普通中学后，两个重点班的学生几乎都考入市重点、区重点，从此一蹶不振。这一决定基本是回到"文革"前的体制，也确立了此后三十年的体制。在当时，这被认为是"拨乱反正"的重要一环，在今日，则被认为有相当多弊病。在当时，恢复等级制和竞争的改制得到大多数家长支持，平素学习好的学生大概也都愿意。然而，当尘埃落定，看到包括女班长等近半同学未能留下，或感伤或灰溜溜地离去时，我感觉很不好而无奈。后来区里一次活动遇见，她却已显得很生分了。

全国竞赛得奖者，多被保送北大等校。比附之下，区里规定数学竞赛头三名可以保送市重点高中。我本想由此捷径免试溜过去，不过，想得太美的事大都不会成真。待我知道自己是第四名、必须乖乖考试时，离统考只剩不到十天。别的课好说，政治课一向是我的弱项，总让我背得眼冒金星。但那次我手气忒好，一打开政治考卷，就发现几道大题都让我蒙上了。其中一道，是在临考前半个小时背的，如刚出炉的面包。于是，我侥幸以高分考上重点高中，继续留在师大附中。

难忘的一九七九

一

二〇〇九年新年夜，高中同学 L 君邀我去他家喝酒吃饭，我们是在北京师范大学附属中学上的高中。L 君邀的另一家，夫妇都是和我们同一年考入北京师范大学实验中学，虽然初见，说起来却有几位共同的朋友，免不得又感叹了一回世界之小，于是话题滑向高中岁月。恰好二〇〇八年是我们上高中三十周年，处于半老不老阶段、日益怀旧的校友们颇有些纪念活动此起彼伏。三十年前，风气闭塞拘谨、革命正经，日常读书生活了然无趣。那些情窦初开的点滴，当时潜于水底，如今成为谈资。L 君读我文章，方知我高中时虽然貌似好学生，实则在校外有女友、在校内抽烟，隐藏得很深。M 君和我杯盏交错、听我自述高一时热心撮合同班男女生配对郊游、甘当灯泡，更正曰：此非灯泡，乃拉皮条也。

记得 M 君在年夜感叹，中学时年纪差一岁可差大发了。M 君早上一年学，在班上是年纪小的，自称当年什么都不明白，而相对早熟的少年男女，私下开始了小猫腻小暧昧。至于我，不仅年龄是同学里最大的，经历和阅读也相对多些：比如好谈政治、关心时局与人事，又比如已经看过中外黄色小说的删节本。我从小不敢以单纯、老实自居，倒是撒个谎、装个傻很早就无师自通。由于性格，我看上去不怎么反叛，也就是装束有点"五四"青年，还自觉成熟、煞有介事地总结出做人应该"外圆内方，外柔内刚"。

北京师大附中成立于一九〇一年，是北京最古老的中学之一。半个多世纪的传统在"文革"中断，连名字都一度改为"南新华街中学"。师大附中一九七八年恢复市重点中学，并且通过全市统考招收了四个重点班，这一届学生堪称"文革"后的"黄埔一期"。一九七八年是思想解放的改革开放元年，高考的恢复是"知识改变命运"的重现。在中学里，考大学成为第一任务，功课好的学生在其他方面可以得到宽容。我十分幸运，由于是高中统考第一名，无论是政治上不求进步还是经常旷课的劣行都未被深究。师大附中校风讲究厚重朴素、老实听话，与我个性原本不合，但我遇到的几位老师，或富于理解力，或对学生满怀感情，或待我亦师亦友，给予我一个相当自由的空间，这是我毕生感激的。

我上高一时，张老师继续做班主任。高中开学后不久，我觉得功课不紧，常坐十四路公共汽车去北京图书馆读书，主要是俄罗斯小说，不久愈演愈烈，开始旷下午自习课。同学有意见，张老师婉转地给我指出以身体不好为理由的光明大道。小说读多了，白日梦和烟瘾渐增，午休时忍不住我要躲到操场西南角废弃的储藏室后偷吸一根，终于有一日，被另一个班的班主任逮一"现行"，大怒，说要让你的班主任好好管管。我无话可说，静等处置，不料却没了下文。我从小经历"文革"，对政治敏感，又明白多言贾祸，所以和老师同学不谈政治，然而那时候好学生是被要求政治上进步的。张老师身为班主任，该说的话自然要说，但在我貌似谦虚地表示自己表现不够进步、入团还不够格时，她只是笑了笑说，团早晚还是要入的，就此不再提此事。后来听说，她虽知道我自己无意，却仍曾提议发展我入团，但我那时已经是年级里最自由散漫的学生，结果团支部没有通过。

思想解放的气氛弥漫到知识界和整个社会是在一九七九年。春天里，西单的东北角开始贴满了各种字体的文章，油印的民间刊物半公开流传，我与《今天》的缘分就从那时开始。好像是在美术馆门外，从挂着双拐、穿着绿色军装的马德升手里买了好几本蓝色封皮的《今天》，当然那时候我并不知道他是谁。少年时读与写的都是旧体诗，但是在接触《今天》之前，我的关注已经转向新诗，倾心于戴望舒、徐志摩、卞之琳和冯至。冯至先生就住在同一幢楼三单元，经常看到他缓缓踱步，目光慈祥，让我想不起"等到了夜深静悄／只看见窗儿关闭／桥上也敛了人迹"这样的句子，也就从来没有鼓起勇气告诉他我在读他半个世纪前的作品。然而一九四九年以前的诗毕竟隔了一层，《今天》的作者就在同一个城市，感觉随时可能在街角相遇，《今天》的诗句震撼却并不陌生："走吧／路啊，路／飘满红罂粟。"西单一带自然不曾飘满红罂粟，倒是飘着半兴奋半自由的温暖气息，在短暂的解冻时期，乍暖还寒，注定昙花一现。那一年布拉格之春是一个正面词语，民主是一种似乎可能的向往。我好像也买过一本《沃土》，读过《探索》，三十年后在芝加哥见到编者，铁窗与酒精催人老去。

二

中年以后，我渐渐认识到我在政治上既不敏感也无兴趣，只是不巧被投入一个政治无处不在的时空。在懵懵懂懂的一九七九年，我心向往的是诗、远方与爱情。六月的第一个周末，我在斜对着颐和园北门的路口，安静地等待了两个小时，直到心仪的女孩姗姗来迟。若干年后，等待本身成为美好的回忆，虽然等待并没有结果。在那个周末，相约夏天一起去看海，暑假开始，她却不曾如约而至。整整一个暑假，我住在中央党校北院父亲的办公室。办公室坐落在党校主楼的七层，当时那栋九层楼是全北京少有的高层建筑之一，许多个夜晚全楼空无一人，我独自在楼里奔跑歌唱，打开火柴盒，放飞从小湖边逮到的萤火虫，看它们在楼道里飞翔闪光。白天我拿着父亲的图书证去图书馆读书，图书馆不大，藏书也不是很多，但是几乎没有人在那里读书，非常安静。记不清在那里读过什么书了，只记得在那里写过小说开头，里面的"我"是一个"流浪的行吟诗人"，那就是十八岁的梦想吧。

　　楼里有一位刚刚工作的女孩，目光明亮，健壮丰满，性格开朗，简单直率。我和她经常在一起聊天打扑克，很快她就成了听我废话连篇的人，也告诉她十八岁生活里的各种小事，听上去和我好像是在两个世界。她家在城里，有一个星期六晚上没有回去。她的房间就在隔壁，晚饭后我们在楼道相遇，彼此都静默了几秒钟，然后我约她去散步。夜色从小湖的另一端缓缓升起，那个夏天是湖边还鲜有人迹、水草疯长的年代。手牵手走回一片漆黑的大楼里，空空荡荡走路都有回音的感觉让两个人都嗨了，奔跑着穿过楼道，从一端的楼梯一口气登上九楼，又从另一端的楼梯飞奔下来。终于在一个拐角，我一不小心摔倒，她冲下来栽倒在我的身上，两个人抱在一起。一动不动，不知道过了多久，她和我都静了下来，在伸手不见五指的楼道里，相拥在一起聊了一会儿天，就各自回房间睡了。此后我们继续聊天打扑克，只是有时会彼此相视一笑。她不久就回城里工作，我的暑假也结束了。过了很久我才知道，有一位面相很善良但是也很八卦的长辈，曾经向我父母报告我和她来往过于密切，我不知道有没有人对她说过什么。大约两年多以后，一个寒冷的下午，我在东城一个胡同口遇见她，聊得开心温暖。她告诉我她有了一个男朋友，我告诉她我很快就要留学了。

三

　　高一一班有四十九名学生，教室的座位是六行八排四十八个，第四十九个座位安排在教室后门。我主动申请坐在那里，好像是每两个星期，学生按行调换一次座位，所以我旁边那位"同桌的你"老在换，只有我安然不动。之所以想坐那个特殊座位，是因为没有别的同学想坐那里，而我觉得坐在门口有穿堂风该多舒服。刚开学时，天气还很热，吹着风着实很舒服。但是那个位置也是冬天冷风嗖嗖往里灌的地方，我却一点也不记得曾经怎样。也许关于往事，人更倾向于记住美好的印象。第四十九个座位最美好的一点，是上课时可以看着门外的操场走神。我清楚地记得，就这样日复一日看着高高的杨树从枝叶茂密到冬天的枯秃。

我从进师大附中起，就有不务正业的倾向。先是双腮被涂得红扑扑、穿上袍子、在英语短剧里扮演男主角，一个翻身农奴之类的角色。走出附中门口，在大街上遇见一个美国女青年，当时老外还很罕见，我们和她搭讪练口语。她看见我们这副怪模怪样也很好奇，可能西藏对于她就像对于我一样，只是一个遥远的地名。我不知道她是否真的以为我们是藏族，反正她是开心无比地搂着我们合影，不过那时没有数码相机更没有智能手机，所以我从来没有看见过照片。我在区里演出，用有点大舌头的发音唱了一支蹩脚的英语歌，不过当时学外语的人还很少，高考外语都不计分，我们演出的英语剧居然得奖。于是上高中以后，学校有活动我就会被叫去唱一支歌。九十年代邂逅一位学弟，据说当年第一次见我就是在晚会上听我唱《黄河颂》。另外一位同学则回忆我在早自习课上，时不时摇头晃脑地讲古诗。这些比较正能量的场景我都想不起来了，倒是记得平常以一纸医生证明免体育课从不上操走正步的我，在校运会彩排时忽然心血来潮，要求去做走在最前面举旗的。班长是我小兄弟，私下擅作主张把大旗交给了我。高一年级二十个班八百人之众的领头旗帜，在我走不直的脚步里像招魂幡一样东摇西晃，堂而皇之地走过主席台。彩排结束后，班长立马被叫到年级办公室，挨了好一顿训。

我努力和别的同学一样，好好学习、天天向上，经常早上五点起床，晚上边听音乐边做题到午夜。但是我的书包里总是藏着一本《苔丝》这样的外国小说，或者朱光潜先生《西方美学史》一类的著作，不想听课时就拿出来放在课桌里，低眉垂目看几页，看着看着，就会觉得课堂离我很远，就会想为什么我在这里上学呢？高一第一学期物理期中考试，相当容易的题，我却不及格。顾老师叫我到教研组办公室，指着卷子气得脸通红，话都说不利索了。我见顾老师真动了火，连忙很诚恳地说："顾老师，您别生气。我其实用的几个公式还对，就是……"顾老师一瞪我，我赶紧低头沉痛检讨："就是数没一个对的，正的写成负的了。"我依然混迹在数学、物理尖子小组里，时不时去参加竞赛，属于屡败屡战那种。那时候上大学录取率即使在北京也只有百分之四，就像今天发财一样，几乎成为所有青年人的人生目标。"文革"刚刚结束不久，绝大多数成年人对因言获罪还心有余悸，对意识形态敬而远之，所以流行的是"学好数理化，走遍天下都不怕"。学文科至少不被鼓励，很多人认为那是因为数理化学不好的不得已选择。不知从什么时候，我开始想去考文科，在某个夏夜重读了一遍傅雷的《贝多芬传》"译后序"："不经战斗的舍弃是虚伪的，不经劫难磨炼的超脱是轻佻的，逃避现实的明哲是卑怯的；中庸苟且、小智小慧，是我们的致命伤。"这段话如今读来，未免有法国式夸张，在少年时对于我却有打鸡血的功用。我对语言相当敏感，从"文革"时期就能在革命豪言、道德说教里听出弦外之音。"文革"后人们说起现实越来越坦率，从另一个方向提醒我倾听自己内心的声音。开学时，夏天还没有过去，我自以为做了平生第一个重要决定，神情严肃地去见老师，要求去文科班。果然教导主任、年级主任和老师们都劝我三思，而我死不改悔的性格第一次暴露，连我自己都没想到是那么坚决，自然我也就去了文科班。

四

秋天很快就来了。乘十五路公共汽车到西单换大一路时，看见路北的墙已经被洗刷得干干净净。不久传来了有人被判刑的消息，人们感叹了一阵也就过去了，毕竟那是生机盎然的一年。还是在春天里，好像是在大木仓胡同三十五号教育部大院胡家，听到一盘转录不止一次的邓丽君卡带。当时还很少有人家里有能够转录卡带的双卡录音机，颇费周折以后我才又转录了一盘，那一盘上的歌，到现在我还能背出大部分歌词。第一首是名曲《小村之恋》，而我当时最喜欢的是并非很多人知道的《我心深处》："多少情感／在我心深处／直到今天／从没有向你吐露。"我和我的同龄人是从邓丽君那里第一次听到如此美妙而清澈的情歌，为之倾倒。岁月静好的一九七九年，邓丽君的歌声直抵内心。在中央党校宽敞的办公室里，我曾与家父一起，反复听邓丽君卡带。他推敲许久才听清那一句"翠湖带雨含烟"。这样听清的歌词三十多年后依然清晰：

> 我曾在翠湖旁
> 留下我的情感
> 如诗如画
> 似梦似真
> 那是我　那是我的初恋
>
> 朝朝暮暮怀念
> 翠湖带雨含烟
> 我心我情依旧
> 人儿她　人儿她是否依然

靡靡之音不仅征服了我，也迷住了年过花甲、唱了一辈子抗日和革命歌曲的先父。

准备高考那一年

一

决定改学文科让我如释重负，马上把数理化教科书习题集送了人。读小说、诗歌、文学史再也不必有负疚感，而是理直气壮：反正以后上大学要学文学。从"文革"结束到八十年代末，是文学梦想高扬的年代，虽然经得起时光磨洗的作品未必有多少。老一代翻译家依然健在或者正当盛年，在沉寂了多年后重新闪光。我个人的阅读经验从少年以后主要是外国小说，上高中时我就开始逛书店买新出版的翻译小说，《外国文艺》《世界文学》《译林》每期必读。因此我起了去读外国文学的念头，把学数理化的劲头转向英语。冬天里不到六点到学校，点起教室里的煤球炉取暖，面对着红色的火光，口中念念有词。区里为组建英语强化班统考，我英语不怎么样，但是应试能力还不错，最后一道翻译题里面的关键词"考古学的"（archeological）除了考第一名的女生其实谁都不认得，我幸运地猜上下文蒙对了，以第三名的成绩考进了宣武区英语班。区里聘请了一位北京外语学院的女老师，大约是上海一带人，语调绵软、态度温和、穿着洋气、擅长口语启蒙。我们这一代人初中时才开始学"毛主席万岁"、《半夜鸡叫》一类英语，高中时水准还很低，大多数人虽然会用英语的"反动派"（reactionary）造句，但是一开口还是说不出一个完整的句子。这位我如今怎么也想不起姓什么的老师，却以她的示范引导和鼓励，让我们忽然明白说英文并不是那么困难的事情。

国门开放之初，老外开始来到中国，但还是很少见，走在街上会像大熊猫一样被人侧目以视。与闭关锁国时代相比，最大的变化是人们不再恐惧躲避，尤其是年轻人开始主动和外国人接触。我近距离认识的是一对美籍华人伉俪，先生是云南王龙云的七公子，年轻时曾经是父亲的学生，其夫人当时任教于哈佛燕京学社，来北京做研究，由父亲接待。他们在北京饭店长住，那是当时北京城里最好的酒店，据说现在里面装修得也还是很不错，但是外表十分不起眼了。和他们同行的是一位美国汉学家，中文名字姓白，我有时去找他练英语，称呼他白先生，结果我从来不知道他的英文名字。他对这个英文说得结结巴巴、词不达意，但是用中文读过《珍妮姑娘》《永别了武器》的中国高中生大概也觉得有趣吧，会很耐心纠正我的发音和语法。可惜我的语言才能相当有限，所以长进不大，只是第一次对教养良好的美国知识分子有了感性认识。龙先生本非汉人，虽然个子不高，但深目高鼻，相貌俊秀。他生长在民国鼎食之家，却因龙云起义而就读人民大学，接着又因为乃父被打成"右派"而远走美国。这些经历在他身上留下一种独特气质，神态作派与那时北京大街上的人们截然不同。在我的记忆里，他温文尔雅、沉默寡言，面带笑容倾听，但极少表态。夫人全老师恰恰相反，热情健谈、交游广泛，来北京不久就结交了许多朋友。在他们北京饭店的房间里，我见到形形色色的人进出，不乏名流与高干子弟。我印象最深的却是他们的两位女公子，当时一个十一二岁，一个七八岁，大约继承父亲，长得像洋娃娃，眼睛清澈如水。后来我在美国久了，看朋友的孩子慢慢成长才明白，那样的眼神是因为从小生活容易，心地单纯。

全老师的交游后来似乎给自己惹了些麻烦，有许多年他们没有来中国。十年以后我来到了芝加哥这个与德莱赛、海明威有着不解之缘的城市。大约在一九九二年，我去波士顿看望他们。龙先生在哈佛大学对面开一家名为"燕京饭店"的中餐馆已经很多年，当地华人与留学生无人不晓。我的朋友告诉我，龙先生对来自大陆的留学生尤其照顾。当天晚上龙先生专门设一席招待我，那是我来美国后第一次吃到的正宗北京烤鸭。在席间，我告诉全老师当年她送给我的安迪·威廉姆斯（Andy Williams）和肖邦的华尔兹，是我最早的外国音乐原声带。高二那一年，我经常唱《月亮河》（*Moon River*）：

Oh, dream maker, you heart breaker

Wherever you're going, I'm going your way

Two drifters, off to see the world

There's such a lot of world to see

最终我没有追随任何人，而是自己独自流浪去远方。

<h2 style="text-align:center">二</h2>

大学校长和老师的声望存在于学生心中。"文革"后声望最高的北大校长，非丁石孙莫属。丁校长一九九八年到芝加哥访问时，我告诉他："您是我的祖师爷，因为您的学生是我的中学老师。"他听了哈哈大笑。我在文科班时的班主任乔老师，一九六六年毕业于北京大学数学系，是丁校长的高足，本来要继续读研究生，研究黎曼猜想，却因为"文革"加上出身不好，被分配到湖北当中学老师，到七十年代中期，好不容易才调到南新华街中学（师大附中文革里改的名字）。乔老师不仅擅长辅导数学竞赛，而且多才多艺，会写诗、好唱昆曲。附中文科班一九七九年高考全军覆没，秋季开学后组建文科班，重点班学生二百一十人里只有七个人报名。在这种艰难情况下，乔老师主动请缨要求当文科班班主任，好不容易组建一个二十多人的班。我被任命为班长，成为附中高二毕业班里唯一一个非团员班长。其实我和乔老师在此之前已经熟悉，高一时就去过他的家，吃过他亲手做的炸酱面。乔老师当时三十多岁，整洁朴素、风度翩翩。担任我的班主任

后不久，带着我和几个同学游北海，在渐渐暗去的天色里华灯初上，乔老师诗兴大发，建议联句唱和，我们几个学生和乔老师一起联了五阕七绝。不数日，我誊写了一稿给乔老师，没有想到乔老师此后几度迁居，竟一直保存着这份诗稿，上个月来芝加哥小住时专门带来给我。三十六年过去信纸已经发脆，字迹连自己都觉得陌生。在二〇一五年的夏日黄昏里，后院玫瑰盛开，七十多岁的老师和年过半百的学生重温两人一九七九年十月六日的唱和，时间证明了诗句的预言性："谁言世间知己少，我意他年会相逢。"

乔老师是向往自由的性情中人，做班主任也是彻底的无为而治。他会告诉学生，只要你好好学习，不捣乱影响别人，我就不管你。他来文科班上第一堂数学课就告诉我，这些你都会，你不必听课，不想在教室里待着去别的地方也可以。我是多么幸运，在本应该累得半死的高考复习之年，先是免了外语和数学，半个学期以后，我自己写了一套历史复习笔记，请老师指点，教历史的杨老师审批过后说，历史课你以后也不必每堂听。这样六门课里有三门我可以堂而皇之地不上，不过我不去上课也没有什么地方去，只好在学校的一间堆满旧桌椅的储藏室里看书。教音乐的刘老师好像年轻时读的是教会学校，胖胖的，和蔼可亲，因为音乐课与高考无关，在学校里似乎比较边缘化。她有一间小小教室，和储藏室在一个院里，从最里面一道月牙门进去，在不起眼的最深处。教室里有一架立式风琴，有时传出轻快富于节奏的琴声。大概是从演英语短剧起，刘老师辅导过我唱歌并且伴奏，她看到我在储藏室，就把音乐教室的钥匙给我，让我去那里读书。我有时在教室里做功课，有时在风琴上定个音，然后"多米索米多"地练一会儿声。也许更多的时候是在读所谓的闲书：在《外国文艺》上第一次读到福克纳的作品《献给艾米丽的一朵玫瑰》，永恒的爱情只能与死亡同在；傅惟慈先生翻译的小说也是在那间西晒的小屋里读的，是格雷厄姆·格林的《问题的核心》，还是风靡一时的《月亮和六便士》我记不清了，译笔之流畅，一时无两。区里后来又办了一个语文强化班，区语文教研组组长何老师好像是一三五中的，壮实爽朗，经常对我的作文奖励有加。不过有一次写读后感时，我刚刚读完《茨威格中短篇小说选》，被《一封陌生女人的来信》（也可能是《一个女人一生中的二十四小时》）感动得稀里哗啦，几乎就要下笔时，忽然意识到这样做纯属找抽，赶紧改写成《象棋的故事》读后感。即便如此，何老师的神色里也流露出巨大的保留，好像他提到的外国文学还是《钢铁是怎样炼成的》《卓娅和舒拉的故事》。

三

一九八三年以前，高中只有两年，高二一年完全是为准备高考的应试教育。虽然逃了一半课，但是摸底考试、模拟考试，本校考、区里考、全市联考，大大小小的考试是逃不掉的。一九八〇年师大附中的课程是包括自习，一天七节课，每星期六天四十二节课。考试最多的一星期，我考了三十四节课。这么个考法，绝对让人先麻木无感后百炼成钢，也让考试这件事情成为一个梦魇深入到潜意识，时不时会

一九七九年春，中美建交后第一个访美的中国社会科学院代表团候机时的场景（右二为李新、右三为钱锺书、右四为费孝通、右五为宋一平、右八为宦乡）

有被害妄想发生。有将近二十年我会重复一个梦，梦见自己考试失败没有上大学，虽然在现实生活中，我一直是让人羡慕的学霸一路货色。直到九十年代后半我才不再有这个梦，然后那一年我真真实实地考砸了一次。

人生的年份，绝大多数是周而复始的平淡日夜，只是记忆的漏斗筛落了绝大多数考试，留下些许当时似乎并不重要、随岁月流逝日渐难忘的画面。一九七九年，以副院长宦乡为团长的中国社科院代表团一行十人访问美国，这是一九四九年以后红色中国的第一个人文社科学者代表团访美。其中钱锺书先生是在美国汉学界谣传他在"文革"中已经被迫害致死之后突然复出，引起轰动。先父也是团员之一，在美国的一个月里与钱锺书先生朝夕相处，相谈甚欢，受教良多，回国后继续时不时去钱先生家拜访。我也跟着去了几次，钱先生那时刚刚搬到南沙沟不久，南沙沟的几栋楼是"文革"后新建的，专门分给民主人士和著名知识分子，在当时属于北京少有的高档住宅区。钱先生目光明亮，透露出含笑的智慧。他的聊天都有出处，以我当时的理解力很多是听不懂的。不过有一次我听懂了，他用古人说士大夫的功名心和打天下人的不读书。在座的听众是费孝通先生和父亲，他们自然是听懂了，然后笑了。费孝通先生当时刚刚平反不久，重新燃起了雄心与热情；父亲在党内算是知识分子，但是在钱先生面前多少像个小学生。从南沙沟出来回家的路上，我对父亲说，今天钱先生把你和费老都挤兑了。父亲笑了笑告诉我钱先生说的是对的。我看着他在太阳下闪光的头顶，心想老爸偶尔还是蛮可爱的。

钱先生赠送了刚刚出版的《管锥编》，那自然是没有几个人能够读懂的。当时我已读过《围城》，还是一九四七年的初版，喜欢得不得了，其实并不能体会书里的世情练达与沧桑，印象深的大多是关于唐晓芙的"勿忘我与勿碰我"（don't forget me and don't touch me）之结合，或者曹元朗描写月亮的"圆满肥白的孕妇肚子颤巍巍贴在天上"一类。

四

《围城》里太多的外文字，又见到了虽然年近七旬却光芒四射的本尊，更加坚定我学外国文学的决心。听说东城区英语班水平更高，便在一个月黑风高的夜晚，悄悄溜进位于交道口的北京第二十二中学第二进院子里的礼堂听课。我从最后一排望过去，忽然看见第一排坐着一个熟悉的背影，那是初中时每天走五里路，经常遇见但是没有说过话，同年级不同班的女生F。三十五年后，我和她的高中好友也是我的大学校友Y在雨后的星巴克咖啡露天座追忆，像歌里唱的那样："这短暂的一生／留下几个瞬间／就在这个夜晚／悄悄来到我身边。"那天晚上二十二中礼堂有百十来号人，估计有不少是像我这样溜进来听课的吧。电力不足的年代，一排排日光灯往往有略微发灰的惨白。我在这样的光线下走上前第一次和F说话，当目光相遇时，我突然不知所措，第一句话就用错了字：本来想用英文说我认识谁谁，却说成了我和谁谁很熟。她微微扬头挑眉，诧异地看了我一眼。后来她告诉我，她一开始觉得我是个骗子，因为那个女孩是她最好的朋友，但从来没有提起过我这么一号人，不过她看我说话的样子和红红的脸不像是在撒谎。当然她后来也知道，我虽有敏感的地方但总的来说是皮厚不会不好意思的，至于脸红完全是冻得或者热得。

夜幕慢慢降临，芝加哥的七月晚上是温暖的。我和Y一起闲谈往事：我第一次见到她好像是在位于白家庄路东的F家，Y是中长跑运动员，F更是身高一米七的铅球手，而我当时是两根竹竿挑着一颗冬瓜，走在高挑结实的女孩旁边，自己心里有点发虚。冬天多云灰色下午的建国门外大街，积雪成冰，F的军用皮靴踩在路上咔咔作响。我和她并肩而行，迎着寒冷的风，大声聊着诗与明天。那时我们多么年轻，看不到诗与明天其实都不堪一击，想不到高考和之后的命运，在不同的时空把我们推向不同的地方。像《当有天老去》里唱的那样：

"……在浩瀚的人海／你曾飘向何处／就像两朵浪花我们相遇后分开……"半夜我回到地下室放起音乐，找出一张抬头是"中国民用航空总局政治部"的信笺。走过不同的国度与城市，搬过二十次家，许多书信文稿曾经付之一炬，我竟然还保留着她十九岁时的诗与字迹："天际吻着我的面庞／甜梦，唇香／透过露水或是泪珠／天野茫茫／天野茫茫／生命的小路／飘在远方。"

当寒冷变成炎热，一九八〇年的高考就来了。那一年北京忽然改为先报志愿后高考，我填的第一张报名表是报外语类院校，第一志愿是北京大学西语系英语专业。这样报数学不计分，晚上回到家想想有点发毛。第二天早上到学校重新填了一张表，把第一志愿改为历史系世界史专业。此后的人生轨迹，就这样在一念之间被轻易地改变了。

一九八○年的北京大学

一

我一九八○年考入北大，第二年被保送留学，在北大其实只待了半年，最后拿了一张肄业证书，和被开除的学生同等待遇，以至于二十多年后想在校友网上登录而不得。上校友网是需要学生证或毕业证书号码的，前者早已经遗失，后者我没有。那一次恰好北大校友会代表团访问芝加哥，我就和校长大人说，今天我和校友们在这里招待你们，可是北大校友网还不认我。校友会办公室的年轻小伙子马上满口答应回去就解决我的问题，我也就那么一听，他回去后自然也就把这事忘记了。

一九八二年春赴日留学前的
全家福（后排右四为作者）

虽然我在北大的时间很短，但是值得一记的事情还真不少。三十多年过去，记忆已经开始模糊或者走样，所以还是在老年痴呆到来之前留下点文字记录最好。我们学历史的人自然要尽量精确，我记忆里进北大的那一天是一九八〇年九月一日，离开北京去长春留日预备学校学习日语是一九八一年三月五日。入校那一天秋高气爽，我先去领凳子，然后到三十八楼一〇九室；最先见到的同屋，好像是L和H。H和我初次见面就聊得很热闹，壮硕的身材和他的声音形成对比，给我留下深刻印象。

应当是当天下午就拿到了图书证，我立马去图书馆借书。入学第一周，好像没有什么事情可做，于是每天去图书馆借一本《泰戈尔全集》，躺在图书馆东边的草坪上读。我就这样读了《泰戈尔全集》，书里面的内容差不多都忘记了，至今难忘的是阳光下草地上读书的美好。

第一学期的课其实不大有意思，五门课里有一门哲学、一门党史。哲学用的课本还是艾思奇"文革"前写的，记得里面提到摇滚乐是西方资产阶级腐朽没落的表现。党史用的是胡华那本。胡华先生是父母的朋友，实际上是个风流健谈之人，和他那本厚厚的书基本相反。我从中学时代就养成了旷课的习惯，高一旷课达四分之一，多次挨批，好在我从小皮实，听到非常严肃的批评耳朵立刻闭上，低目不语，神游化外去了。教哲学的是一位女老师，估计是因为上课看不到拿着班里名册的学习委员吧，期中考试给我六十分并且叫我去她办公室谈话。我当时正在不靠谱的时期，和她大聊萨特，让老师全晕菜，大概也忘了要批评我什么，一摆手说，行了你走吧。我立马溜走，带本小说去上了两堂课，然后故态复萌，继续旷课。

转眼到了期末。先是欢天喜地地知道这次哲学不考试，改写小论文，于是就放宽心把这事搁一边去了。后是满怀焦虑地发现，只剩下两天就要交了可我一个字还没有写呢。怎么办？看来唯有向同学求救这一条路。其时我和中国史的几个调皮同学是烟友，在他们帮忙打听之下，发现对门的一位好学生已经写好了论文。我和那位同学不熟，现在只记得他的模样，却想不起名字了。事态紧急，我当晚向他求助，他忒大方地把文稿借给我。挑灯夜读，感觉他写得很不错，就是字迹草了点，段落也不够分明，连夜工工整整地将他的文章顺序打乱调整，遣字造句多处改动，第二天下午总算攒出一篇交差。还同学文稿时，免不了连连道谢，且按下不表。

那时候一点版权意识都没有，做了次文抄公还挺开心，感觉对"天下文章一大抄"有了更切身的体会。要过一些年才认识到，我们几代人在抄袭谎言中成长，长大了以后无论抄袭还是撒谎做起来都轻而易举。期末成绩公布，被我抄的同学得了一个"良"，而我的居然是一个"优"。我自觉不妙，赶快出西南门买了包好烟，不是"牡丹"就是精装"大前门"，到中国史宿舍请罪。一进屋果然大哗，得亏挨个发烟，旋即吞云吐雾里，又称兄道弟、其乐融融矣。

那一学期正儿八经听的课只有两门，一门是世界史、一门是中国通史。世界史前半部分是周怡天先生讲两河流域和古埃及，后半部分是朱龙华先生讲希腊罗马。周先生讲课不是很生动，但其实学问很扎实。我有时间他问题他会讲得非常仔细。周先生告诉我，学世界上古史最好直接读英文的剑桥通史。剑桥通史当时不外借给本科生，周先生专门开了张条子让我能去图书室读，我至今感激。朱先生当时其实也只有五十出头，鹤发童颜，穿着整齐，有一次向他请教，距离很近，仿佛还闻到了香水的味道。朱先生课讲得好，希腊罗马又的确光彩照人。应该是听朱先生指点吧，读了部分《伯罗奔尼撒战争史》，不过认识到修昔底德的了不起与个人修史的意义，是多年以后的事。

讲中国通史的是宁可先生，他从北大毕业后就一直在北京师范学院任教。我不明白当时他在北大兼课的原因，也许北大虽然师资雄厚，但是中年老师里少有能讲通史的。不过宁可先生讲课我觉得更胜一筹，很有些信手拈来、挥洒自如的风度。那一代老师一半是受蛊惑，一半是被吓的，当时观点拘泥于主流意识形态，但学问的功底还是很扎实。宁可先生的课我好像一堂都没有旷过，笔记不仅记得认真，而且还复习过，感觉一堂课的笔记有头有尾，就似一篇小文章。

二

北大的好处是在一定程度可以随便听课，这在当时其他的高校里几乎是没有听说过的。所以虽然本系的课不大好玩，我那个学期还是旁听了不少其他系的课，至今印象犹存。

刚上北大的时候，我实际上是一个文艺青年，对历史根本摸不着门。能够多少懂得点历史学，是在日本读研究院的时候。所以我蹭听的多是与文学有关的课和讲座。次数最多的可能是袁行霈先生说宋词，然而更喜欢听的是吴小如先生的课。袁先生讲的是南宋张元干的词，声音洪亮，慷慨激昂，而一句一句的解读也颇到位。吴先生讲的是什么我记不得了，但是他说话字正腔圆，又如潺潺流水，听着很舒服，内容很细致。

当时去蹭课的学生很少，有时不免让人侧目。但是北大的老师真是很宽容，顶多看我一眼。我胆子越来越大，有一次居然不自量力地去听李赋宁先生给西语系七七级用英文讲乔叟作品，一堂课下来听得我大汗淋漓也没听懂几句。

我去过的最火一次讲座，是社科院外文所的陈焜先生关于西方现代文学的讲演。大阶梯教室不只是座无虚席，根本就是人挤人。陈焜先生是当时外文所中年一代的大才子，我上大学前就在别人家里听他谈过意识流文学。那晚他念了一段他自己翻译的《尤利西斯》，没有停顿，没有标点符号，读完全场掌声雷动。陈焜先生次年出版了一本《西方现代派文学研究》，后赴美不归，听说在新英格兰一家中学教书，就此隐遁在美国的茫茫人海里。

如今还记得陈焜先生大名的人应该已经不多了，而一九八〇年在喜欢外国文学的青年学生里他可是大名鼎鼎。应该是从陈焜先生关于现代美国文学黑色幽默的文章里，我第一次知道《第二十二条军规》。

他好像也是最早用中文介绍索尔·贝娄的人。陈焜先生文章写得简洁漂亮而且一点也不晦涩，但他讲演更是精彩。陈焜先生是南方人，身材不高，文质彬彬，说话吐字清晰，声音不大但是气息悠长。他的讲演和文章都是从文本分析开始，先把作品的一段翻译得很漂亮，说得很清楚，进而论及整个作品乃至作家与流派。我上高中时有幸听过钱锺书先生谈话并蒙垂赠著作，不过钱先生于我高不可及，他的《管锥编》我也读不懂。陈焜先生则文字易懂，一方面才气纵横，另一方面没有让人觉得学问深不可测。那是解冻的年代，陈焜先生介绍的是让人耳目一新的文学作品，他强调的价值怀疑本身已经蕴含着批判。到了一九八三年清理"精神污染"，听说他处境不太好。一九八五年回国探亲时，陈先生已经去波士顿了。那年夏天我读了索尔·贝娄的代表作《洪堡的礼物》，激动不已，颇想向陈先生请教，去问当年曾经带我见陈先生的女孩，她也没有陈先生的联系方式，结果我们聊了整整一天，交流了彼此青春期的故事。

再听到陈先生的消息，是二十年后的二〇〇五年，据说他早已退休，隐居在美国东部的一个小镇上，我也远离了文学，远离了青年时代。

三

一九八〇年的未名湖西岸，还是秋高草长，几乎有点青纱帐的样子。湖边土径，人迹稀少，偶尔可见学生情侣出没。我因为入校不久就搬到颐和园外家父办公室居住，每天进出北大多从这里经过，也许是荷尔蒙过剩吧，常常一边走路一边放声歌唱。唱着唱着，后面过来两辆自行车，在我前面停住，下来两位个子高高神采焕发的女生，问我要不要参加合唱团。我听说合唱团是利用每个星期四下午全校政治学习时间排练，立马就答应了。

合唱团团长刘楠琪是西语系法语专业七七级师兄，为人温和圆润，在团里很受拥戴。蒙他另眼看待，我不仅成为合唱团那一学期唯一的一年级学生，而且被封为第二号男中音。第一号姓邹，似是数学系七九级，唱做俱佳。刘师兄到了第二学期，因为他和大多数团员要准备毕业论文，就私下告诉我，打算设副团长让我当，然后招收新团员接班。但是我的接班梦没做两天，就被送出去留学了。不过我对刘师兄一直心存感激，但我再也没有他的消息，似乎彼此消失在茫茫人海里了。

是时北大的机构已经叠床架屋，所以三十年后有二十多位"校级领导"也不足为奇。当时是党委下有团委，团委里有文化部，团委文化部管北大艺术团，北大艺术团下辖合唱团、话剧团、舞蹈团。北大艺术团里，五音不全的、发音不清晰的、手脚不灵的都有，他们来自五湖四海，为了逃避政治学习走到了一起。

英达那时就有点名气，又白又瘦，有点卷毛，颇招女生喜欢。前几年他住在芝加哥西郊瑞柏市，有一次在机场看见，他当年就没和我说过话，但我还能认出他。如今胖胖的样子，比较适合演喜剧或者土豪。合唱团里人气最旺的是哲学系七八级龚继遂。老龚是北京四中的老三届，已过而立之年，身材高大，剃个平头，戴深度近视眼镜。排练开始前或者中间休息时，他身边总是围着一圈人，女生居多，听他侃当时还鲜为人知的弗洛伊德、萨特。我是第一次听到一个人能够把俄狄浦斯的故事和恋母情结要言不烦地讲出来。老龚似乎对哲学并没有太大兴趣，听说后来到美国学西方美术史，再后来海龟成了中国古代艺术品鉴定专家。他的弟弟是西语系七七级的，就是在海外留学生中曾大名鼎鼎的李三元。李三元兄隐居印第安纳也快二十年了，有一次我竟然在家门口的服装店里遇到他，说是来这边做项目暂住隔壁水牛村，如今不知他在做什么。同样是西语系七七级的赵兄，名字已想不起来，妙语鬼话连篇，据说曾经获北大桥牌赛第七名，十分引以为傲。这也难怪，当时北大数学系、物理系的桥牌队实在是太厉害，横扫北京高校。我家邻楼的一位少年，出生时就少一只手，然而聪明过人，一九七八年获得全国数学竞赛第二十几名，被保送入北大数学系。

这位老兄入学后迷上了桥牌，在北京市高校桥牌赛中颇有斩获，然而考试成绩一落千丈，最终被开除。几年后我回国探亲时，看见他在大院自行车棚看自行车，听说他依然每天打桥牌活得很快乐。

引荐我入合唱团的王红宇和薛文琼，是物理系七八级的高才生、女声部的台柱。王红宇唱施特劳斯的《蓝色的多瑙河》，颇具花腔女高音的范儿，后来我才知道她是北京师大二附中几届毕业生传说中的女神级人物。

八十年代的最后一个秋天，我背起行囊流浪到美国，第一站到波士顿参加一个会，居然在会上遇到薛文琼。她听说我还要在波士顿逗留几天，就邀我参加她们在一场演出里的小合唱。记得那天唱的歌是《五月的鲜花》，在那一场难忘的音乐会上，唱的和听的很多人都热泪盈眶。我有点茫然地想到，离北大、北京越行越远了。

四

学史之人当知回忆不可尽信，需有旁证才能够算比较完整的史料。比如我自己记得比较清楚的是，一入北大就充当临时班长，帮着外地来的同学提行李、办学生证、取板凳等等，很成熟的样子。然而几年前和一位家里的朋友也是当年的学姐在阔别三十年后通了一次电话，感慨之余说起往事，在她的印象里，我虽然貌似比同龄人深刻，生活上却笨得一塌糊涂。我入学那天她专门来宿舍为我铺好被褥。我听了有点无语，我知道她说的一定是真的。我不到十岁就独自满北京城乱逛、十一二岁就做饭记账，虽然没偷鸡摸狗但也顺过心里美萝卜，虽然没动真家伙打过架但也抄过砖头，自己就这样觉得长大了，其实什么都不会。

去年夏天北大同班同学为纪念毕业三十周年聚会而建立了微信群，大家在一起聊天。当年校园里引人注目的风景是某位帅哥骑着自行车英姿勃勃、后座载着一位美女，我班一位女生则至今清晰记得的是一位"高挑、白皙"美女骑着自行车英姿勃勃、后座载着我。这件事我一点也记不得了，但应该也是真的。

把自己记得和记不清的往事叠加起来，大约更接近一些历史真实吧。一九八〇年渐渐成为一段故事，知天命的我也早已习惯独处静伏。在二〇〇九年初夏，曾经写了一阕七律，其中一联是：

偶思旧友犹同梦，已悟余生老异乡。

在行走中况味昨日和今天

一

主要是气质的原因吧，每一次我回到这个城市，从来没有"我胡汉三又回来了"的感觉，有的只是近乡情更怯和一丝淡淡的惆怅。在夜里回到北京，斑斓的霓虹灯让人感觉找不到方向。二月早晨，晴朗而寒冷。在冰雪覆盖的芝加哥，好久没能走路，终于在北京走了五公里，神清气爽。想起三十五年前诗句："冬日的长风，拖着明亮的翅膀……"当我写这两句诗的时候，想到的是一九七五年的天坛公园。冬天的下午，从西门进去，空无一人，道路两边是高高的落叶乔木。那天风很大，感觉很冷。我回头望去，万里无云，阳光非常亮，树木无言伫立，高处的枯枝被吹得噼啪作响。

几年前回国时看到一本一九七五年的日记，赶紧带回来为自己的人生留一点记录。以前由于缺乏自恋倾向，对自己的文字多不满意，所以很少保存，现在发现其实应该留下来弥补记忆的遗漏与误差。比如说，读这本日记我才发现，在一九七五年读过陀思妥耶夫斯基的《罪与罚》，还在教育部大院听过贝多芬的《英雄交响乐》和《命运交响乐》。我也早就忘了那一年我曾经写过一笔记本诗词，寄调"清平乐"什么的。这本日记是这样开头的："新的一年开始了。在这一年来临的时刻我抽着一支在去年点燃的烟，五分钟后这支烟灭了，从一九七四年抽到了一九七五年。"十四岁拙稚乱爬有别字的笔迹，写下貌似深刻少年不知愁的诗句：

> 飘摇人世乱纷纷，怅望苍山莫断魂。
>
> 作画懒看荣落梦，吟诗不问浮沉尘。
>
> 他悲他喜度他日，我静我思执我身。
>
> 一曲新词歌已了，菊花凋谢到霜晨。

　　第二天又是一个晴朗冷冽的早晨，出门走五公里，感觉暖和起来。时间尚早，就坐车去了西单。从地下升起，照例要先辨认一下方位。原来我就站在一九七九年的西单墙旁边，如今是一片宽阔的广场，有警察站岗。和昨天的东单一样，十字路口已经不可辨认。三十多年的光阴，北京从一个第三世界的首都进化成一个世界都市，几乎没有留下一点旧痕。走不了多远往左边转，就是大木仓胡同，自然也是完全认不出来了。路南是一个时尚的购物中心，里面看到许多熟悉的美国品牌。小时候觉得蛮远的路，如今走来不过几分钟而已。岁月的流逝也是如此，觉得很长，其实过得很快。四十年前唐山大地震后避难的教育部大院，门厅还在那里，当年的平房院子已经盖了楼。从这个大院走出的王小波、汪国真已经是故人，他们的故居也不复存在，我的记忆也在漆得鲜红的大门前开始褪色。

　　重新回到大街上，西单商场还是在对面。半个世纪之前的那场大火已经走入历史，而且不像一九七一年芝加哥大火那样被人记得。不过话说回来，我们的历史还有多少被人记得呢？忽然看见"吉野家"的招牌，那是在日本留学时，旅行搭乘夜行列车每次都要去的牛肉盖浇饭快餐店。重温久远的味道是一件美好的事情，尤其是在味道依然的时候。我记事的时候也恰恰是半个世纪之前，所以抄家批斗会一类的情景记得特别清楚。以这种方式开始记忆，让我很难如食指那样"相信未来"。在一九七五年的日记里，我已经相信人生是一个及时行乐的过程。此后我徜徉在不同的时间与空间中，行走在记忆里的昨天和感觉中的今天里。这二者合而为一的百味杂陈，构成了我的当下。

二

从日记里看不到的是，一九七五年冬天是一个肃杀的季节。虽然还没有公开批判，但是在北京报纸上已经开始"反击右倾翻案风"，谁也看不见"文革"何时是尽头。我家兄弟四个，两个在插队，一个在工厂，我辍学在家已经七年。看得见的出路是留在城里当售货员，还有一种模糊的可能性就是学声乐，考文工团去唱歌。此前两年多，家兄学习声乐极获老师欣赏。他的老师张畴先生，当时不过四十岁出头，是沈湘先生的弟子，是唱得非常好的男高音。不过，张畴先生更擅长的是教学，后来培育出好几名在国际上获大奖的学生。张畴先生的夫人，是北大中文系林庚教授的女公子林容老师，他们伉俪和家母一见如故。

本司胡同六十七号是坐北朝南的一个院落，二十世纪上半叶不知是何人府第，我在一九七四年去时院里已经住了许多户人家。从小小的门洞穿过窄窄的走道，摸着黑走入最里面一进院子，在东北角是张畴先生的家。在记忆里，房子老旧而凌乱，却有美妙的音乐潺潺流出。几十年后，我才知道自己是多么幸运：卡鲁索、吉利、比约林，那些传奇般伟大歌唱家的歌声，我居然能在闭关锁国的年代、在收音机里传来的是《战地新歌》和样板戏的夜晚聆听，而且听的是如今在发烧友里最被推崇的开盘带。

我没有学上也没有家长管束，在完全野放中自由自在地成长。既值得庆幸也浪费了生命，幸好我倾向于生命本来就是被用来浪费的，比如说儿时的记忆力就浪费在了背诵全本《智取威虎山》和头两本《战地新歌》上。唱着唱着就变了声，童子鸡变成了牛犊。我从来没有上过一堂正儿八经的声乐课，却旁听过张畴先生给多名学生分别上的课。不知道是否有所关联，我从一变声就自然具有头腔共鸣，或者说声音从一开始就是通畅的。虽然有一颗硕大的头，身子骨却好像是纸糊的。在不合比例的少年唱罢《老人河》后，张畴先生说你的声音条件很不错，好好练练可以上中央音乐学院。

张畴先生是一个极其认真的人，而且和我一样，有着不爱夸人的毛病。但也正因为如此，他的肯定对我是极大的鼓励。从此以后，我走哪儿唱哪儿，尤其喜欢在野地里唱歌，感觉声音在空气中散去。其中的一次，就是在未名湖畔惊动了芦苇丛中的情侣，也把自己唱进了北大合唱团。在一个爱乐人群的生日聚会上，我重逢阔别三十五年的北大合唱团团长和几位闻名不曾谋面的师兄。当年团长面若傅粉、文质彬彬，人气极高，如今也不免鬓发稀疏了。说着旧事与故人音讯，杯觥交错，尽兴而散后，人已微醺。周末晚上十点多的街上，依然车水马龙，灯红酒绿，看见"南新仓"几个字，不禁心中一动，这里是载满回忆的一片地方。往南面走了一段，却没有找到我熟悉的地名。不知是我眼神不好或者是夜色苍茫，还是本司胡同和别的胡同已经消失。位置是绝对不会错的，但是胡同口去了哪儿呢？

本来说好等到变声完毕后，就跟张畴先生学声乐。如果晚生二十年，也许我会像许多八〇后那样做一场歌星梦。可是在七十年代中期，谁也不知道歌星是什么，倒是一九七七年恢复高考唤醒了一代人的大学梦。不管怎么革文化的命，万般皆下品，唯有大学高的意识根深蒂固。在家兄考上清华后，连张畴先生自己都对我说，既然你能够考上北大，就不用再想去音乐学院的事了。就这样，虽然我或多或少有一点舞台梦，后来也上过不少次台，却渐渐离本司胡同越来越远，改做燕园梦了。

三

我自幼喜读古诗，林庚先生和冯沅君先生编的《中国历代诗歌选》是我少年时读得很熟的一本诗选，所以早就知道林庚先生的大名。早在一九七三年，以家兄从张畴先生学习为契机，见到林庚先生，了解到先生出身世家，年轻时曾是三十年代重要诗人之一，尔后专研古诗

林庚先生

词，是北大中文系名教授之一。"文革"期间，我属于社会闲置少年，无事可做之间，就开始学写旧体诗。大约在一九七八年秋，我在独游江南后，忽然狂写起诗来，常在上课时两眼直视前方，口中念念有词。很快就写满了薄薄的一个练习本。诗自然写得很不灵光，但由于囫囵吞枣地读过几万首诗，学了些基本的格律，大致还不离谱。

我那一代人，当时大多是不读书尤其不读古书的，我便显得有些怪异。我又从小脸皮较厚，便想到请教林庚先生。搁到今天，我是断然不敢拿那些少年习作给林庚先生这样的大家看的。林容老师一向对我厚爱，想必在林庚先生面前多为谬奖，于是林庚先生专约我到他家中面谈指点。时隔多年，我已记不大清楚具体经过。好像是先将习作托林容老师转呈，然后去的燕南园。依然记得很清楚的是，那是一九七九年一个晴朗的秋日，林庚先生衣着简朴而整洁，清癯俊朗，精神极佳，虽年近七十而全无老态。林庚先生思路极清晰，语言很优美，舒徐道来，一直谈了两个多小时。对一个十七岁高中生的习作，林庚先生仔细地阅读了每一首，并且分析了其中部分诗句。这一点我至今不忘，因为这里有为人师表者的态度。更如在眼前的，是林庚先生谈诗时清澈柔和的目光，让我感受到他对诗的挚爱。其实，林庚先生只夸奖了我的一句"一弯水月落谁家"，而对其他都有批评。但是，他很认真地说我写的"有一定的根底"。林庚先生知道我正在半世纪前他毕业的中学读书，很开心并建议我报考北大中文系，我从小便惯于在长者面前做好学深思状，骨子里却是浅薄疯癫，那日从先生家出来上了三三二路公共汽车，便飘飘然高兴地唱起歌来。

然而我当时少年心性，兴趣转得甚快，且更喜欢的是西方思想、历史与文学，终究没有去报中文系。虽然如此，我一上北大，就开始去旁听外系的课而旷本系的课。中文系的课留下印象最深的，一是吴小如先生的唐宋词赏析，一是袁行霈老师的宋诗词解读。袁行霈老师讲张元干词的课讲得已很精彩，人也风度翩翩，而当时我就听说袁老师是林庚先生的弟子，先生的课更为著名，可惜已不开大课了。

在一九八〇年的早晨穿过燕南园，常看到身躯瘦弱、面貌清秀的朱光潜先生的背影，也曾几度邂逅林庚先生和住在隔壁的王宪钧先生并向他们问安。建于燕京大学创校之初的燕南园，自北大一九五二年迁入燕园，便有名教授未必住燕南园、住燕南园必是名教授之说。马寅初老校长就曾住在这里，直到他因坚守己见被赶出北大。在我上大学时，还有不少劫后余生的老先生住在那里。他们那一代学人的学问与教养，当时已令人向往；而他们经历的坎坷起落，更令人无语。一九九八年北大百年校庆时，我返校参加同学聚会。那天校园里喧嚣鼎沸，到处是人群。我也在人潮中东游西荡，直到天已黄昏。从图书馆出来，忽然想起，要回当年的宿舍楼看一眼。于是，我匆匆向三十八楼走去。去那里，自然要穿过燕南园。十多年不曾走过这条小径，竟是景色依旧，只似乎多了一份荒芜。外面的热闹，与这里的宁静恰成对比，就好像燕南园那些几十年不变的灰砖楼墙，与装扮一新的主建筑看上去颇不协调。我在沉沉暮色里驻步，深深地看了一眼燕南园：

依然健在的老一辈，已不过林庚先生数位而已。这天晚上，见到许多阔别十多年的同学，做东的，是一位经营文化事业有成的系友，地点在他的一处作为副业的酒吧。

四

幸福没有号码
在天堂里绽放

早春二月的周末晚上，寒意依然。又一次去国家大剧院，听著名女高音歌唱家张立萍的独唱音乐会。这是一台水准很高的音乐会，张立萍状态越来越好。音乐会结束时掌声雷动，返场为了让听众开心，免不了唱中文歌《那就是我》："我思念故乡的小河……"其实张立萍的优秀，在于外文歌唱得远比中文歌好，不过谷建芬的这首歌远比巴赫的《圣玛利亚》更加脍炙人口，连我这样去国三十多年，到二十一世纪才第一次听到的人都耳熟能详。也许，我多少会有些故乡月明的感触吧！

听着相当熟悉的巴赫、莫扎特、舒伯特，四十年往事纷至沓来：全国追悼会开完刚刚没几天，传来林老师分娩、早已过不惑之年的张先生终于得子的消息。我随家母家兄前往祝贺，回来路上感叹许久，东四南大街的路灯灰白，一〇四路无轨电车在哐哐当当中行进。新的生命总是带来新的希望，又过了没有多少天，"四人帮"被捕，"文革"结束，确实是一个新的时期开始了。

余华的小说我印象最深的是《十八岁出门远行》，从《活着》以后我就不大读了。不过他有一句话我一直觉得还是很精辟的，大意是我们这四十年等于经历了四百年。夜晚站在国家大剧院外，火树华灯有点不真实的感觉，令人沉醉也令人感到时光变迁：都市越来越璀璨而一代人渐渐老去。我仿佛又回到了一九七五年：点燃一支烟，从昨日抽到今天。在轻烟里，我看见张畛先生从远处走来，看清时已是白发苍苍。他的公子佳林也穿过岁月的大雾，从摆在家母屋里儿时的照片，到青年时电子邮件寄来的诗句。我对他诗作的喜爱，远胜于他外公的作品。虽然我一直深感近百年来代旧体诗而起的新诗，其形式与格律都远未成熟，林庚先生对于新诗格律的主张与探索，有待后人的继承与发展，不过他的九言新格律诗我读来没有多少感觉。

恰好十年前，我曾经写过一段笔记，评论佳林的《圆圈》：

> 绕了一个圈
> 又回到出发点
> 什么都没带走
> 多看了几眼脚面
>
> 离开的时候
> 也就是把自己忘掉
> 还你一个圆圈
> 给我一个句点

圆圈是什么，谁也说不清。唯一清楚的是，人类从古希腊到现在并不曾也不见得该有多少长进。时间是什么，又有谁能说得清？我说时间并不前行，没有方向，这只是我的叙述，你听不听，其实没有关系。几十年已是半生的岁月，其实只是一个小小的圆圈，套在许多大圆圈里。

如此说来，现在与那时也并无分别，虽然信纸已经发黄。别人也许在字里行间读出了爱情与年华，我却在一个没有太阳的早晨感觉到历史与遗忘。这些，也并无分别。我想，无论写诗或读诗，所谓有感觉，在于感觉到某种不可言说的存在，而不在于说出了什么。

很少听到女声唱舒伯特的《小夜曲》，张立萍却唱得柔和节制：

> 我的歌声穿过黑夜
> 向你轻轻飞去
> 在这幽静小树林里
> 爱人，我等待你
> 皎洁月光照耀大地
> 树梢在耳语……

　　这场音乐会的上半场伴奏是清馨巴洛克乐团，下半场伴奏是当前国内最负盛名的钢琴艺术指导张佳林。张立萍和张佳林合作十分默契，坐在一层池座第五排的我，看见阔别十年的朋友人到中年，如此优秀，心中充满温暖的喜悦。我想起少年时背诵的滇池大观楼长联句式。四十年往事，注到心头，我还是以为，没有人想回到也不可能回到那个年代。

父亲·母亲

一九四八年初秋，李新卸任中共河北省永年县（今属邯郸市）县委书记时，于当时的县委所在地——原广平府城内武氏太极拳创始人武宇襄故居内，与夫人于川合影

张力与怀念

一

即将到来的九月十五日，是先父九十七岁冥诞。他的骨灰在二十一响炮声中撒入渤海，也是相当久远的事情了。生与死的距离，随着时间越来越远。距离能够让生者平静，在无声的夜晚，回顾与书写渐渐逝向天边的往事。过去的成为历史，虽然在茫茫人海中，个人微不足道，然而又恰恰是个人的际遇悲欢，构成历史最真实的一幕幕。

关于父亲最早的记忆，是我大约六岁多的时候。父亲据说在"文革"伊始的一九六六年六月即被姚文元点名批判，六月二十八日第一次被抄家，虽然因为领头抄家的是父亲的学生，抄得相对"文明"一些，但所有的书柜还是被贴上了大大的叉形封条，看上去触目惊心。之后的一年多时间里，他被批斗、被办学习班，不停地写检查、写自我批判、写有关别人的所谓外调材料。后来他说写了大约有几十万字。无论如何，父亲原来是工作狂，这时被打倒没有了工作，相对来说空闲时间应该是多了一些。可以想象他内心的压力与苦闷，于是他经常给我讲故事，或者读小人书给我听，在我的童年里，那是父亲离我很近的一段时光。他把小人书念几遍，我就自己背了下来，也就在不知不觉中识了字。主要是《三国演义》六十本一套的小人书，家里不全，只有其中的一部分，如《董卓进京》《千里走单骑》《水淹七军》等。他还很喜欢教我唱歌，他唱的那个版本，我至今不知道是谁写的也没有听别人唱过，但是我就这样记住了"大江东去，浪淘尽千古风流人物"与"人生如梦，一樽还酹江月"。不过父亲那时最爱摇头晃脑反复唱的是"我本是卧龙岗散淡的人……"。我七岁多的时候，他第一次中风，一度行走不便。之后的若干年里，为避免他再度中风，大多数时候他出门时我陪着。有一次他出门去周惠家，我没有跟去，末班车都快过去了他还没有回来，家里别人没着急，只有我很不安，大概我的性格从小就是凡事容易往坏里想吧。我跑到铁一号大院门外等父亲，不知道过了多久，见他拄杖悠然归来。我勃然大怒，他却一副不明就里的样子。那应该是一九七〇年一个温暖的夏夜，蓦然回首，犹在眼前。

如今想来，这也是我的机缘，由此得见博学鸿儒、失意官僚乃至当红贵人。"文革"里知识分子境遇悲惨，灰头土脸。我第一次见到大名鼎鼎的邻居俞平伯先生，戴一顶毡帽，穿一件灰布中式棉袄，身材瘦小，形容枯槁，略微驼背。父亲年轻时候曾经一起出生入死的战友彭梦庚则是再次出生入死，从江西副省长办公室遁入深山老林，据说出山时看上去半人半鬼。不过我第一次见到他时，倒是红光满面，声音洪亮，做派颇有绿林豪杰气。当然我也去过前有警卫员开路、后有秘书拎包的首长家，然而世事多变，"文革"时走红的人们，晚景大多不好，这是后话。舞台的背后，不变的是柴米油盐日常生活。那是粮食、肉、白糖都要凭票购买的票证时代，我经常一大早去排队买限定不许超过两毛钱的肥肉。冬夜，菜市场的冬储白菜堆旁有人巡逻。被认为是好孩子的我，也曾经在夜色中从"心里美萝卜"堆里拿起一个就跑，一直跑到上气不接下气，心怦怦狂跳。也许是因为这些驳杂的记忆吧，随着我渐渐长大，开始有了自己的想法，虽然也有其他的原因，但颇具时代特色的是：父子之间的张力主要由于思想的分歧、意识形态的差异。不过，我虽然内心叛逆，但是性格温和并且从小习惯尊重长辈。记忆里，我从来没有和父亲吵过架，他也从来没有对我高声发过脾气。只是从十几岁以后，我对他心里越来越缺乏尊敬，越来越不相信他的话，越来越少和他说话。上大学不久后我就出国留学，每两年回国探亲一次，有自己的朋友、自己的活动，和他说话更少，而且想法越来越南辕北辙。从一九八八年起，我曾经八年没有回国，再回北京时，故居都没有认出来。那一次在北京只待了两天，晚上匆匆忙忙去见了父亲一面。他苍老许多，好像也比以前矮了点。他说话更多了，大概因为耳背，声音提高了好几个分贝。我忽然不知道该说什么，只好按美国习惯，拥抱了他一下。

二

先父李新，原名李忠慎，生于四川荣昌，因自幼丧父而家贫，故入川东师范学堂（今西南师范大学前身之一）。十七岁时逢"一二·九运动"，纠集同学创办重庆学联并担任主席。历史上，除了"五四运动"造就了一批新文化运动的领导者，搞学生运动的都没有好下场。父亲第二年被学校开除，同年入地下党。抗日战争开始后，他联系六名同学，步行北赴延安。我读历史上所谓农民革命，其中坚力量往往是失意的知识分子。我曾经问过父亲，如果他当年没有被开除会是怎样。我不记得他是怎样回答我了，而且历史没有如果。一九三八年他从中共培养干部的陕北公学毕业后，曾经助理胡乔木编辑《中国青年》，历任战地文工团团长、晋冀鲁豫中央局青委书记、河南杞县县委书记。抗战结束后，他是军调处中共方面成员兼第十八集团军（即八路军）驻京办事处党支部书记，后转任河北永年县委书记，一九四八年任中共中央华北局青委负责人。

父亲的人生转折点在这里开始：负责重建中国新民主主义青年团的中共中央领导人任弼时，与他长谈三天，他却主动要求不再从事青年工作，与荣高棠对调去大学工作并充电，从此脱离仕途。一九五〇年西南军政委员会主任邓小平调他去做秘书长，他也没有去。他先是追随曾经是同盟会和共产党两朝元老的吴玉章参与创办人民大学，在一九五七年几乎被打成"右派"后，大约暗生逃避之心，六十年代初

一九六四年吴玉章（中）、李新（右）、吴老的秘书王宗柏（左）在四川

调入中国科学院哲学社会科学部（中国社会科学研究院的前身，当时简称为"学部"）近代史研究所任研究员，协助范文澜编著《中国通史》，不再担任任何行政职务。一九七二年他受命主编《中华民国史》，此后二十六年一直从事这一项工作。"文革"后他曾经先后有机会出任人民大学校长、中纪委书记（当时有第一书记到第三书记，所以书记相当于现在的副书记），他都推辞掉了。虽然他在中共中央党史研究室成立时被任命为副主任，但坚辞负责日常工作的常务之职，就这样一直保持了党内知识分子的身份。

著名史学家陈铁健先生是先父六十年代初最早的研究生，师生之谊历四十年风雨而不变，在师道荡然、友情常遭背叛的年代实为难得。先父逝后，他全权负责先父文稿的整理与出版，殚精竭虑，几经波折，《流逝的岁月》终于在二〇〇八年出版并颇受好评，我虽远在国外，也深为感念。十一年前，陈铁健先生就写过《送李新先生远行》，今年父亲忌日他又写了一篇长长的文章《李新与〈中华民国史〉》，八月初发表在《文汇读书周报》上。这两篇文章不仅情意真挚，而且秉承史笔，所言皆有所本，或有过誉，但是写出了许多细节史实，是我并不了解的。在我看来，个人史是历史的起点也是终点。这里面有两层意思：一层是历史应该是个人的历史，另一层意思是历史应该是个人书写。父亲曾经说过，他一生编书编写了几百万字，"文革"里写材料几十万字，但以我所见，真正写出他自己的内心世界和一生经历的，只有陈铁健先生整理编辑的回忆录而已。

小时候父亲给我讲过他自己的故事，告诉我爷爷是乡村老师，很早就去世，他从小因成绩优秀，因此得到了族里资助，完成了小学和中学的学业。虽然籍贯是川人，我生长于京城，从未到过四川，唯一的传承是爱吃川菜而已。其实父亲弱冠负笈，此后七十年里也只回过一次老家。晚年他在《流逝的岁月》里故乡山水写得颇为鲜活，读得我几乎怀疑有一部分出于杜撰。他去世几年后，家兄第一次去荣昌，惊讶地发现父亲的描写竟是相当准确。看来他老人家记忆力好得很。在回忆录里，父亲提及祖先可追溯到陇西李氏，我想他身为史学家想必有依据。陇西李氏，远则远矣，血缘上是胡人而非汉族，只是后来被极具亲和感染力的汉文化染到了一起而已。如今国人李姓最众，据说近亿，想必种也最杂，看来先祖这一支，是胡汉杂交。是否出身杂种，其实没那么重要也不可考。很多人每逢盛世，就喜欢修缮族谱，绍述祖先，不过经历了数十年的断裂与破坏之后，我们和祖先到底还有多少关联，其实是件可疑的事情。学史之人不可或缺的，是对史料的谨慎态度，读族谱时，首先要看看靠不靠谱。比较靠谱的是，这一支李姓后来落脚湖南郴州，在明朝末年张献忠屠戮四川之后，湖广填四川，移居到荣昌，成为四川客家人。

父亲在世时很少谈及祖先，以至于我一直不知道祖父的名字。在回忆录里，父亲说祖父参加过同盟会和保路运动，后任小学校

我的祖籍地四川荣昌

长，因受排挤返乡教书，一九二六年去世。有意思的是，家兄在故乡遇见一位堂叔，告诉他二哥（父亲行二）一支最有出息，伯父（也就是我的祖父）毕业于云南讲武堂，可惜走得早，云云。然而我清楚地记得，云南讲武堂是清末民初三大军官学校之一，学生入校时多半已经是连排级军官，毕业后往往直接提升为中级将校，即使回乡，一般也会负责一方治安，是如何转身为小学校长、终止在乡村老师呢？家兄没有考据癖，我也离四川太遥远，于是这一段公案一直放在那里。祖父回乡后做了些什么，是怎样去世的，父亲没有交代，到现在我也不清楚。父亲的回忆录，有一个特点，就是叙事的节制，或点到为止，或尽在不言中。他没有说的，想来自有其缘由。

三

二〇〇三年十二月下旬，我给家里打电话，长兄告诉我，父亲突然醒过来了一下。那是前一天下午，他去北京医院看父亲，忽然发现父亲的眼神不像往日那样涣散空洞，而是用力看着他。他赶紧和父亲说话，告诉他家里人的情况，他握着父亲的手说，大兴在美国芝加哥，过得很好。他感觉到父亲的手紧紧抓住他。过了一会儿，父亲的眼睛又阖上了。我的第一反应就是，这是回光返照，我立马告诉长兄，我会尽快赶回来。圣诞夜黄昏，飞机降落在首都机场。那个冬天很寒冷，天色阴郁，从机场高速驶向城里，华灯初上，并没有带来都市夜晚的绚丽，反而让我感到一丝凄清。

先父在一九九八年十一月底因为肠胃不适住院，过了几天突然严重中风，失去说话与进食能力；第二年意识也日益模糊，渐渐与植物人没有两样，靠输液与药物维持着。我没有想到父亲的生命是如此顽强，竟然坚持了五年。二〇〇二年夏天被诊断是胰腺癌，口喷鲜血一脸盆，医院发病危通知，我仓促赶回，他却挺过来了。但是这一次我意识到他终将不久于人世。去医院的路上，我说这样也好，他老人家也就早点解脱。其实在失去意识之后，生与死没有什么分别，但是见到父亲的那一刻，我感到一种很深的疼痛。经过那么久的输液，他的体重已经从一百五十斤下降到不足七十斤，人已经脱了形。既令人安慰又令人悲哀的是，他又回到了无意识状态，没有痛苦，但也不知道我就在他身边。我请假回北京半个多月，父亲的情况一直很稳定，假期将满我必须回芝加哥，虽然什么征兆都没有，我还是有一种感觉：我再也见不到他了。临行前一天下午，我最后一次去医院看他，独自在病床前伫立很久，然后平生第一次向父亲跪下叩了三个头，然后起身离去，掩上了病房的门。走到医院外面，抬头仰望天空，开车带我来的家兄没有说话。那天我们走的是北京医院西边的侧门，出来是一条小胡同。冬天的风很大，灌进来嗖嗖作响，正在落下的阳光铺满路面，好像二十多年前的诗句，"冬日的长风／拖着明亮的翅膀"。我对家兄说，走吧。

回到芝加哥不久后的二〇〇四年二月五日，先父安静地辞世。我知道这一消息是在美国时间二月四日深夜，挂上电话后，走到阳台上望向白雪皑皑的后院，深深地吸了一口烟。

歧路与和解

一

　　父亲在他的回忆录里，叙述过当年一起步行去延安的李成之（后改名李直，著名作家李锐的父亲）和胡其谦在分别二十年后重聚时，酒后说起延安整风"审干"中胡其谦被整得胡说八道，称李成之介绍他加入的不是共产党，而是复兴社，李成之因此蒙冤。李成之大怒，

一九五六年中国教育代表团访问越南时的合影（前排右四为胡志明、右三为中国教育代表团团长韦悫、右六为李新）

胡其谦大哭，两人从此绝交。我难忘的是"文革"初期，深更半夜父母在家中接待一位朋友，他反复说"不揭发别人不行了"，父母也反复劝他"千万别乱咬人"。那一年我六岁或者七岁，大人不把我当回事，我却记住了这些当时意义不明的话。后来那位朋友还是扛不住，"乱咬"了另一位朋友，他们从此老死不相往来。虽然是被迫，但是编造他人罪名者，想来内心沉重，后来几十年很少再与往昔同袍交游。

"文革"后，父亲谈及往事时，有时会说自己从来没有对不起朋友，言下略有自得。然而这种时候我会想起小时候在他眼里看到的惊惶不安。从一九六六年到一九六八年，经常有来自全国各地的不速之客光临，或者审查父亲本人，或者要求他写有关别人的调查材料。这种时候更多是母亲出面应对，父亲在里屋真病或者装病。母亲的淡定与父亲的紧张恰成对照，不过这绝不意味着她内心没有巨大压力，那几年她容易发脾气，曾经疑似癌症。或许源于童年的印象，我长大后对父亲缺乏敬意。在美国，你经常可以听到父亲应该是儿子的 role model 这种说法，role model 一词因为著名社会学家莫顿（Robert Merton）而普及，直白地说就是榜样的意思。我从来不觉得父亲有榜样的作用，年轻时更对他多不认同，中年以后才意识到有其父必有其子原来可以像咒语一样准确。八十年代最后一个夏天，我独自住在一栋小楼里，第一次发现自己害怕黑夜与孤独，一关灯就感到恐惧，而不关灯又睡不着。没有人知道我的敏感与脆弱，那是一个炎热的夏天，我貌似很勇敢坚定，白昼有很多人围绕，从未有谁觉察我在黑夜中是多么绝望与需要安慰。只有自己经历过以后，我才能理解和原谅父亲，而且意识到其实自己更不中用。从父亲的回忆录，我了解到他经历过残酷的战争和各种运动，看见过各种死亡包括活剐。他那本能的逃避与自我保护意识，既表现出软弱，也反映出他毕竟不能无动于衷。

二

因为辍学，有大把时间，又因小脑不发达，连拍烟盒、玩弹球都每战必败，只好去玩棋牌。结果我七八岁时就和十三四岁的大孩子打升级、争上游、憋七，在马路边看老头下象棋。许多年以后，大院里的一些人还记得那个不成比例的大头儿童，多半是因为他扑克打得不错。

在"文革"的紧张空气里，后面那栋楼的程叔叔和高阿姨是为数不多的仍然来往的邻居。他们家忽然来了两个亲戚，一个是胖老头，秃顶，有一个巨大的红头鼻子，大人让我管他叫姥爷，那么他应该是高阿姨的父亲了。另一个是比我大两岁的外孙，名字好像是韩松，长得白白胖胖，很憨厚，但是不怎么会玩。所以我很快就改和姥爷下象棋了。胖老头自称是退休工人，闲下来了来女儿这里住。现在想来多半是在老家受到了批斗，逃到北京避难。所以他也不怎么到大街上去，整日搬个板凳，坐在单元门口晒太阳。有一天去找姥爷下象棋，却只有韩松在家，眼睛红红的告诉我，姥爷生病已经被送进了医院。我回到家听父母在说，姥爷得了脑溢血，没过几天就听说姥爷死了。

这是第一次在我身边有熟悉的人死去，我没有什么反应，但是我知道再也见不到他了。我不曾悲伤，但是有一点空落落的感觉，从此以后我再不经常下象棋了。事实上，从小时候起，我就有很钝感的一面。一九九〇年遇见艾青的长公子，擅长算命，一望我就断言，你反应慢半拍。生活中总会有令人悲伤的事情发生，然而当事情与我有关时，我往往只觉得萧瑟，不曾流泪。近二十年来，长者凋零殆尽，但即便当我听到父亲远行之际，也只是西望故国，点上一支烟，深深地呼吸。

死亡在我的童年其实并不罕见，反而是经常听说。大院里有人跳楼、有人上吊，外面传来的故事就更多。我不曾读过格林童话，倒是从小听着"梅花党""一只绣花鞋"长大，想象着荒芜的花园里有伸出舌头的吊死鬼出没。如今广为人知的北京师大附中负责人卞仲耘被打死一案，我四十多年前就在家里，门窗紧闭、压低声音，听王晶垚先生声泪俱下地诉说。说起来，王先生和父母颇有渊源。他和父亲是同事，先父一九六二年由范文澜调入近代史研究所任其副手，王先生也在范文澜手下工作。王先生和母亲则是燕京大学历史系同学，但具体情况母亲从未提起，也不知道是否同届。在我的记忆里，他来家里次数不多，并非过从密切的朋友。不过看来他是信任父母的，才会在"文革"风暴依然怒卷时，就告诉他们自己妻子的惨死详情。几年前看了电影《我虽死去》，那是关于王晶垚先生四十多年来锲而不舍、追求历史真相的纪录片。影像总是具有动人的直接力量，当你认识其中人物的时候，更是感慨万千。王先生中年时的样子缓缓从记忆中升起，谦卑拘谨、敏感小心，屡经风霜后彻底被打蔫的知识分子形象。在中国，从来是人死多了，活着的反而麻木。随着岁月流逝，追逐当下，惨案大多被遗忘。卞仲耘被打死，当年只是个案，可是能有几个人像王先生这样坚持？ 如今，这一案件已成为一个时代的象征性事件。而让我感触良深的是，电影里的王先生再也不是那个温和恭让的中年人，追求真相与公正的过程，其实也是一个人升华的过程。长大以后才明白，如果对非正常死亡无动于衷，久而久之，会形成集体性的对生命的漠视。事实上，在我们的文化传统里，一直缺少对生命的珍惜与尊重。

三

这些道理我小时候自然不懂，记得的只有对死亡、对失去亲人的恐惧。父亲中年开始患严重高血压，低压恒常一百，高压二百以上。一九六八年，父亲晚间在一小巷被自行车撞倒，中风昏迷，幸得过路人相救，及时送到医院，后来虽然逐渐恢复，但从此拄杖终身。一九六九年，母亲淋巴上长了一个直径约四公分的肿瘤，被诊断为很可能是恶性，需要切除化疗。在那两年里，家里经常漂浮着压抑的气息。母亲消瘦憔悴，脸色苍白得近乎透明，连医生都担忧她能否经受住开刀化疗。幸好她遇事素有决断力：既然无法确诊是否癌症，就不切除而以中药化解。北京中医医院的卢老，从六十年代初就给母亲看病，这时很有信心地表示，可以用中药治好。不记得母亲吃了多久中药，但最终肿瘤竟然消失了。卢老是民国时就自己开诊所的老先生，衣着讲究、鹤发童颜，因为治好母亲肿瘤着实高兴了一阵，之后不久他自己却患癌，无力回天，不数月就故去了。

一九六八年到一九六九年有许多事发生：十八岁的长兄被上山下乡、接受贫下中农再教育，吃不饱饭时不时要溜回北京打牙祭，以致每次深更半夜查户口时全家心惊肉跳；十六岁的二哥蒙恩留城，分配到木材厂扛一根一根的圆木，练就了一身肌肉但身高被木材压了下去，他十四岁就一米七四，最终却只长到一米七八。中共"九大"召开，闭幕一个星期后是"五一"，放了一场炫丽的烟花。不久后，北京各机关的人员纷纷被送到"五七"干校，家里只留下母亲和我。父亲去干校后，似乎劳动起了如今理疗的功能，半身不遂居然渐渐痊愈。当然这和干校其实没有什么关系，父亲能够恢复靠的是自身的生命力和意志力。此后近三十年，他作息规律、生活简单、饮食定量，直到一九九八年冬天，不小心吃了一只有点烂的香蕉，导致肠胃不适住院，然后诱发第二次中风，从此一病不起。"五七"干校本身是时不时会传来死讯的地方，十岁那年，我听大人们很细致地讲述人民大学何干之教授在村子里走着走着心脏病发作，手抓着墙一点一点倒下去的过程。人大干校在江西血吸虫病肆虐的地方，干校解散后，许多人带着病回到了北京。

二十多岁的时候我喜读弗洛伊德，好为人师，又常有朋友、同学对我敞开心扉。我们这一代几乎每个人小时候都有幽暗的记忆，我对朋友说，遗忘是最好的治疗。我自己也曾努力遗忘，许多记忆也就确实变得模糊。我只记得曾经问过："妈妈，你会死吗？"却想不起她是怎么回答我的了。我一点也想不起来当时是否感到恐惧，不过从那时候起我有了一种意识：不要惹她生气。虽然后来让她生气的时候也未必减少。至今明显的后遗症是，我对我关心的人总是过分担忧，毫无理由毫无必要，困扰自己也打扰别人。我完全明白却对自己无能为力：童年经验真的很难走出。进一步说，人的一生就是一个走出恐惧的过程。

四

九十年代经常看到李慎之先生的大名，我就会想起他那身材硕壮、戴黑边眼镜的温文儒雅形象。我家和他家住隔壁楼。印象里，父亲和他不算熟，当年会觉得李慎之先生思想更为正统，不想他晚年会有巨大的改变。

父亲的至交是黎澍先生，他们从六十年代初在近代史研究所同事开始便无话不谈。黎澍先生是党内知识分子思想解放的先驱者之一，

一九六〇年前后先家父李新（右）和黎澍（左）共进午餐

只是因为在一九八八年遽逝而渐渐不再为人提起。从对"老人家"有不敬之心、不敢有不敬之词，到批判斯大林、重评赫鲁晓夫，到反思"文革"、批判个人崇拜，最后到"历史不是人民创造"的离经叛道，他堪称是那一代早年参加革命、中年接近中枢、晚年返璞归真者的标杆性人物。父亲没有黎澍先生那种湖南人的倔强，也就不会时不时放炮，陷入风暴之中。我年轻时，多次当面批评父亲圆滑、擅于自保，他自然不愿意承认，有时候说着说着就吵了起来。他一生中推崇并曾经追随的两位长者是吴玉章与范文澜二老，前者从同盟会元老到"中共五老"，既世情练达，曾经指点父亲免遭被打成"右派"之厄；又以风骨自许，素负清名。但是在儿子牺牲后，鼓励儿媳守节抚养子女，在我看来未免是十九世纪的思维，让我在少年时就对父亲的榜样发生了怀疑。我儿时见过吴老，不过他仙逝时我还不满六岁，也许我记忆里的印象来自他的遗照：相貌清癯，风度翩翩。吴老的儿媳蔡阿姨年轻时是上海一家大学校花，虽然生养了五个孩子，年届半百，仍是慢条斯理、细声细语，极有风度教养。吴老去世几年后，在"文革"中某一个夜晚，她独自来到我家和母亲长谈，说到二十多年独自带大孩子的艰辛，忍不住大放悲声，给我留下了极深的印象。有一段时间，我几乎每天去她家，和她的小外孙玩。那年小家伙两岁，我八岁，我趴在地上，他骑着我兴奋得大叫。下午的阳光射进来，我们都很快乐。

当我回想往事，不禁感谢上苍，我曾经是多么幸运！我上大学，父亲的办公室位于中央党校南院一幢二层小楼，原本是一套三居室，改为办公室兼卧室，楼前是一小湖。有时读书过午夜，我会走到小湖边，整个院子没有声音、没有灯光，只有几颗并不那么明亮的星星照在水面上，随微风皱起几道幽静的银波。住在父亲的办公室，并不仅仅是为了方便读书，至少有一半是因为在那里可以读到别的地方读不到的书，比如说台湾出版的《传记文学》，香港出版的《张国焘自传》。一九八〇年冬天里，高校学生竞选如火如荼，北岛那一篇《我不相信》

的排比诗句传诵一时。父亲对我的激动心情一般不置一词，但是我可以感受到他的不以为然。老人的保守心态，总是让青年人愤懑，我当时也是如此。很多年后我才恍然大悟，原来他知道许多当时我完全想象不到的事情。父亲去世后我才听说，他曾是审阅"若干历史问题决议草案"的专家之一。当我不再年轻，不复学生盛气，才明白他当年让我好好读书，也谈不上保守，就好像他自己屡次辞官不就，也不仅仅是谨慎自保。

那是我最后一段与父亲朝夕相处的时光，却因为思想上的歧异导致感情上的疏离。半年后我被保送留学，从此离家去国。外面的世界很精彩，变幻的八十年代也令人目不暇接，每个人都在各忙各的。父亲一直住在那套办公室很少回家，我说不清是因为男儿志在四方的观念，还是因为隐隐裂痕与他渐行渐远。可以想象，在国外受的文化冲击带给我自己许多变化，而北京本身的变化则让我感觉自己越来越像

一九九五年前后李新（右三）与前来看望的党史研究室同仁魏久铭（右一）、陈威（右二）、龚育之（右四）在一起

一个局外人。到了一九九六年，在阔别故国八年后回京时，我下了出租车找不到自己的家，从那以后真正地成为一个客人。而父亲此时也垂垂老矣，他因为耳背，说话声音巨大，而且不再听对方说话，只管自己滔滔不绝。我一方面要习惯父亲的声音，一方面要高声说话好让他听见，每次去看望他都觉得耳朵有点累。

在步入中年，远托异国的岁月里，我越来越意识到自己与父亲的相似。比如我在十岁之前就学会了打麻将、桥牌，下象棋、围棋，基本上都是父亲教的，长大后我也和他一样，什么都能玩一点，但都不很精通。又比如我在高中时没有写完的长篇小说，和父亲那个秘而不宣的笔记本实际上半斤八两。不同之处只是他是革命文学，我是少年爱情故事。从延安走出，当过战地文工团团长，他不知不觉地习染了赵树理式文字；我在少年天空里看见一张《带星星的火车票》，时代困惑与青春期荷尔蒙交织在一起。也是在我八九岁左右，父亲被批判之余在家闲居时教我平仄，让我读《白香词谱》，平仄我学会了，词谱却基本忘光。审美取向在相当程度上是天生的，我从一开始就喜欢那些伤感悱恻的薄命诗人，比如李商隐、李后主、李清照，音乐也是在第一时间听到邓丽君就为之倾倒；而父亲走的是杜工部、辛稼轩这一路，唱的是《满江红》，晚年才意识到少时排斥《桃花扇》的偏激。

最后一次见到清醒的父亲，是在一个夏日下午，他住在一套空荡荡的大房子里，看上去有些颓然孤独。家里没有别人，他似乎也不是那么想说话，看了我一会儿，忽然用说了一辈子的椒盐普通话问："你过得好吗？"我赶紧告诉他我过得很好。在记忆里，父亲很少这样问我。有时我会觉得他根本不怎么关注我，有时我又觉得应该感谢他从来不管教我，容忍我的自由发展。我照例开始和他谈国家大事，引发他的谈兴。果然他又开始思路飘逸、上天入地说了两小时。房间里相当闷热，我一边摇着扇子一边看着他，看到他的衰老，心想他其实已经不再雄辩。他的演讲，以一句"他的一生是为了救国"而结束，我告诉他我从来没有这么宏大的愿望。他递给我一张纸，是送我的一首七绝，显然是我打电话告诉他要去看他之后，临时草草写就的。我忽然很感动，可是什么话也没有说就走了。

那是一九九八年夏天，街上飘着任贤齐的《心太软》："相爱总是简单，相处太难……"

往事几无痕

一

听说天津现在也是一个很有情调的现代大都市，从照片上看，海河竟是一片金黄色的灯光，波浪闪烁。在深蓝色的夜里，意大利风情区更是灯火辉煌，人群熙攘。听说意大利风情区主要由若干栋欧式洋房构成，大部分是民国名人故居，尤其是北洋时代，政局变乱频仍，失意官僚、下野军阀以及北方豪门很多在天津租界盖豪宅当寓公。

我大半生在国外，虽然经过很多次却没有真正到过天津，只是小时候偶尔听母亲讲起她在那里度过的少年时光：园林、大宅子、狗、钢琴，但是具体时代背景却语焉不详。事实上，母亲从未完整叙述她的祖先和早年经历，起初是故意不说，晚年是不想说。我记事时，"文革"刚刚开始，"老子英雄儿好汉，老子反动儿混蛋"到处传诵，我记得清楚却是横批："基本如此"。一个人的家庭出身、社会身份，在相当大的程度上就决定了他或她的命运。我很小就知道，外祖父是个律师，算是自由职业者，这种成分不算好也不算坏，所以父母对外时不时强调，在"文革"时却多少有些保护作用吧。一九六六年八月，北京有一阵抄家之风，出身不好之家大多被抄，不少人被驱逐回原籍。究竟有多少户被影响、多少人死去如今还不清楚，但已被命名"红八月"。我家在此之前就因为父亲的缘故被抄，但幸运的是没有因为家庭出身再被抄。也许是由于关于抄家的经历见闻吧，我十一岁读《红楼梦》就很有感觉。

我也知道，母亲在填写户口时，写的是家庭妇女，没有工作单位，归街道管。记忆里，也曾经跟着母亲去街道居委会开会。她说话不多，保持微笑。母亲很瘦，长年只穿一件洗得褪色的外衣，却自有一种气度，足够显得与众不同。居委会主任是一位胖大妈，好像姓李，对母亲十分客气，一口一个"于老师"。母亲也十分客气低调，全无锋芒，虽然目光仍然明亮犀利。进入七十年代，"文革"气氛最紧张的几年过去，人们私下里开始恢复交往。在和张之洞曾孙张遵骝先生走动频繁后，母亲才告诉我，她的曾祖父在张之洞任两湖总督时是湖北巡抚。不过，至少当时她并没有告诉张先生这一层渊源。此后的岁月里，母亲的家世像挤牙膏一样一点一点挤出来些，但仍然很零碎，她依旧不曾细说。她为什么不想说这件事本身，大约就是有原因的吧。在向前看的时代里，她自己不说，别人也顾不上问。我自己就走过近四十年的匆匆，而且本乏绍述祖先的愿望，直到人已黄昏，母亲远行数年后，在一个雾霾的凌晨，回到老宅，检点母亲遗物，看到一张二十年前和她在芝加哥市中心湖滨喷泉前的合影，竟然一点印象都没有。我忽然感到，关于母亲，我其实所知不多，而且随岁月流逝，她在和我自己的生命一道走向遗忘。虽然并没有打捞历史的雄心，而且悠久的历史反复证明，我们缺乏对历史的尊重与珍惜，湮没远多于保存，我还是想留下一点记忆，追寻关于家族的只鳞片甲。毕竟，有时那些故事的片断，比鸿篇巨制的史书更接近历史。

二

十一月中旬的北京，竟日灰雾茫茫。世界并不太平，总有令人悲伤的事情发生。巴黎在十三日星期五遭遇恐怖分子袭击，依稀仿佛十四年前的"九·一一"，令人唏嘘不已。在疑似太平盛世时，人们容易忘却苦难，其实玫瑰色的回忆大多不乏自欺欺人的一面。随着时势变迁，河东转到河西，当年讳莫如深的出身，大多成为炫耀的本钱或至少是津津乐道的谈资，坊间常见民国世家子弟或权贵后人对旧日好时光的怀念。母亲也喜欢读这些怀旧文章，但自己并不多说，倒是很冷静地告诉过我，大家族里的人情冷暖，和《红楼梦》里差不多。大概是一九九三年，母亲在国际长途电话上说起，她在一部电视连续剧里看见天津旧宅了。那时我已经知道，母亲早年丧母，她父亲续弦后，每年暑假寄居天津外祖父家。她的外祖父齐耀珊，二十五岁中进士，民国时历任浙江、山东省长，内务、农商总长，下野后定居天津，任农商银行总裁。据说齐家有多处府邸，一是在民生路的中式院落，现已拆迁，另一处位于河北区光明道，是一栋居住面积一千四百多平方米的洋房，现在是重点文物保护建筑，意风区景点之一。我在网上见过照片，即使以现在的标准也算豪宅。母亲的生母是长女，齐耀珊对留下的几个外孙女一直宠爱。母亲从童年到高中，虽然貌似是锦衣玉食，却流寓苏州、上海、北京和天津。

我曾经在一九八五年陪她寻访儿时苏州旧居。记忆里，那是一九八五年夏，我回国探亲，陪父母去了苏州。母亲是离开苏州半个世纪后第一次回来，我还是好事的年龄，便鼓动她去寻找旧居。她只记得从观前街进一条小巷，离原苏州监狱不远。抱着撞撞运气的心情，我陪着母亲慢慢散步，一边问问行人，一边由她回想儿时街景。问了几个人，都不知道原苏州监狱在哪儿。走着走着，母亲往前方一看，大门就在几十米外，外观并没有太大改变，只是挂的牌子不一样，估计早就不是监狱了。记忆在似曾相识的巷陌里复苏，过了大门，左转右拐，入一条青石板小巷里，蓦然间，母亲的旧居出现在眼前。母亲说，门厅还是依稀可辨的，只是旧得不成样子了。走进去，里面已明显成了一个大杂院，东一间西一间加出来的简易房把头两重院子改得面目全非。庭院深深深几许，我们走到最里面一重，出来一个相貌清秀的年轻人，问我们找哪一位。母亲说明缘由后，那年轻人很热情，说他家就是这里的老住户，邀我们进去喝杯茶。坐了片刻，年轻人的妈妈回来了，和母亲一聊，竟是远亲。两人说起许多久已云散的旧亲戚，都不胜感慨。年轻人一直微笑着坐在旁边，不时为我们续茶。临走时，说到交换地址，便让两个小辈写。我一向觉得自己的钢笔字写得尚可，虽然不合章法，但至少还精于勤，不料拿过年轻人写的地址一看，那一笔字直教我惭愧不已。同辈学子中佼佼者我见识过许多，若论书法，至今几乎无人能出其右者。

归路上，我还不住称叹江南真是人文荟萃，一不留神就碰上个书法家一流的人物。母亲却感慨于那些小巷，尽管过了五十多年，仔细看看其实未曾天翻地覆，不像她的一生那样屡经变故，回首已恍如隔世，觉着儿时如此陌生，实际上是记忆的凋零。我看见路边墙上有一条关于计划生育的标语，便很老成地对母亲说，其实只是换了几茬人和好些口号罢了。

三

人更愿意回忆美好时光，母亲亦然。毋须守口如瓶后，她会告诉我读教会学校的一些记忆。从贝满女中而汇文高中再被保送燕京大学，母亲一路在北京最负盛名的教会学校接受美式英语教育。这其实是她毕生引以为自豪的经历，也确确实实影响了她的一生，遍及她的观念、礼仪、审美乃至所谓思维方式、人生态度这些大的方面。九十岁时，母亲依然衣冠整齐、挺拔端正。我从小走路东倒西歪，一想事就咬手指，直到留学后探亲时仍被她批评"坐没坐样，站没站样"。我只能推诿：第一，小时候有软骨病，虽说后来证明只是由于襁褓期吃不饱，营养不良缺钙；第二，我自幼辍学根本就没受过教育。最后我会告诉她，我能这样您就知足吧。

另一方面，在革命年代，母亲的家世与教育都是不仅完全被否定，而且随时可能被追究的。即使仅为了自保，也不得不学习隐藏与遗忘。几近半个世纪，她不再说英语，也极少读任何英语书报。一九九五年，七十五岁高龄的母亲到芝加哥看我，一开始和那些不识英语的老人似

在燕京大学读书时的母亲

乎并无二致，对周围的英语声音没有反应。过一段时间，虽然还不能听懂完整的句子，却时常问她看到或听到的词语的意思，开始恢复尘封的记忆。让我惊讶的是，原来她曾经学过不少一点也不生活化的单词，比如尊严、判决、保守主义等等。

好像是前年，北大为静园改建的事引发不少校友的异议。当时有年轻校友私下问我，静园在哪里？静园位于图书馆西，两排小院，一边三个，中间夹着长长一片草坪。我进北大时，那里是文科几个系办公室所在地。很少有人知道，静园是燕京大学时代的名字，静园一院到四院是女生宿舍。母亲上燕京大学后住二院，门口有工友把门，她会笑着回忆男生来访时恭谨有礼地向工友求见的情景。北大取而代之后，二院成了历史系办公室。我入校时，一间宿舍住七八人，又不巧在水房之滨，过道经常泥泞。去系里宽大的办公室时，我不禁想四十多年前母亲住得舒服多了。母亲住过的房间，是系里的储藏室，挂一把铁锁，从窗外看去，堆着废置不用的家什，落满尘土。我不曾在一九八〇年从那里幻化出几个穿阴丹士林布旗袍少女的倩影，母亲年轻时照片，绝大部分在"文革"付之一炬。我最初见到的母亲，已经两鬓飞霜，因此我从来想象不出她年轻时的容颜，更想象不出她在话剧《日出》饰演陈白露的样子。

四

母亲应该是先被保送新闻系，因肺结核疗养半年后转入历史系。在香山疗养的记忆，她偶尔会眼含笑意想起。我在刚上大学青春期荷尔蒙高涨的年代，对母亲年轻时产生好奇，就问：您上大学时恋爱过吗？她没有直接回答，沉思着描述疗养院的风景，也在那里疗养的一位研究生，温文尔雅，时常过来聊天。一阵晚风吹过，含蓄的故事，在八十年代听来已似古代，如今更显得不可理解。不过，若有若无的倾慕，也许在记忆里更加久长。

　　燕京大学的静好岁月在一九四一年十二月"珍珠港事件"后戛然而止。在动荡的时代，毕竟谁也不能幸免，大历史多半是在某个时刻偶然地就嵌入了个人的轨迹。我不知道此后若干年，母亲究竟是怎样度过。应该还是经常去天津齐府吧？在那里有她的表兄妹，还有七舅。七舅是齐耀珊的小儿子，比母亲只大八岁，虽然是长辈，但是实际上像兄妹，经常带着母亲玩，是母亲为数不多的回忆时最常提到的名字。九十年代初刚刚到芝加哥的时候，想要读中文书只有去中国城的图书馆或者郊区的侨教中心去借。侨教中心的书籍都是捐献的，因为数量有限，反倒什么都看而且看得仔细。有一天看到一本《谈梅兰芳》，作者的名字是齐崧，眼睛顿时一亮。当晚就给母亲打电话，告诉她我看到七舅的名字了！从母亲那里，我听说七舅书读得好、风流倜傥，尤其爱看京剧。读到这本《谈梅兰芳》我才知道他原来是齐如山那样的京剧研究家。又过了若干年后，在网上读到国内出版了他的文集，于是齐崧在热爱京剧尤其是梅老板的小众里，成了一个遥远的传说。据我十分有限的考证，他早年在北平任银行经理，去台湾后又赴美留学密歇根大学，返台后好像是邮政总局的负责人。

　　在国外待久了，偶尔会感叹自己一生虽然很平常，可是比起许多老外来还是貌似经历复杂，漂泊流离。在郊区二十多年，住过几个不同所谓中产阶级小区，其实从蓝领、职员、小业主到公司高管什么职业都有。据说美国人民的收入构成是一个胖枣核，"中产阶级"是个宽泛得很的概念。另一个特点是，我的邻居大半是一辈子土生土长，许多人终生不曾离开芝加哥及其郊区。大多数美国人的一生，经历简单、岁月平淡，他们自己聊起来也多半竹筒倒豆子，十分坦率。这里没有户籍、档案，个把罪犯要藏匿还是颇为容易的：换个名字换个州换个社安号就能消失在茫茫人海中。然而绝大多数人没有这个必要。我曾经和一位研究现代中国史的美国学者聊天，他告诉我在美国如果想弄清一个人的经历相对还是可能的，而中国的事情有时让他真假莫名，一头雾水。我当然不好说我国国情老外不见得能明白，但也忽然意识到当历史似万花筒变幻时，有意无意之间，个人的某些片断会变得模糊，随岁月流逝而终不可考。

我不知道是什么原因使得母亲在一九四六年背叛自己的出身与家庭，离开北京去了解放区。虽然那时青年知识分子普遍左倾，然而每个人其实还是一个个案，有各自独特的理由。历史终究在细节里才是真实的，可惜许多真实已经湮没。如今我只知道，那一年父亲在军调处中共代表团，兼职负责鼓动输送大学生去解放区。那一年父母结婚这一史实对我非常重要，后来我因此来到了这个纷纷攘攘的世界。

华年一梦间

一

上海的朋友告诉我这很不寻常，竟然十一月下了整整一个月的雨。本该秋装争妍斗艳的时候，却是零度的冬天，湿漉漉的街道。在这样一个晚上，我和《一片冰心在玉壶》文章里提到的陈旭麓先生长女林林姐姐来到位于淮海中路的顺风旋转餐厅，璀璨闪光的城市夜景徐徐移动，仿佛一场悠长的梦幻，远方有一处霓虹灯广告牌，打出"Hi魔都"。总有一些时刻比如这个晚上，过去与现在紧密地交织在一起，真幻莫辨。真实的，也许仅仅是顺风旋转餐厅的上海菜，味道正宗无比，提示着美妙的饮食人生。我们却在餐桌上回首：令人感慨万千分的是两代交情、百年人事、各自的家庭历史。波乱起伏的岁月里，死亡的残酷、爱情的凄美，淹没在二十一世纪大都会灯红酒绿的背景里。

走在静安寺的街道上，我才真实地感觉到，一九二〇年代母亲的故居早已无处寻觅。幸好我此行并非是寻根之旅，再说我也不是一无所获。通过与亲友的谈话，我大致了解到母亲童年在上海长到七八岁，然后寄居苏州。她毕生气质不那么北京，饮食习惯接近江南，应该与此有关吧。我又听说母亲在燕京大学读书时，至少有两个男生追求她，其中一位曾经指着天上一轮皎洁的满月对她说"你的脸好比天上的月亮"，引起母亲的不悦，她想："我的脸有那么圆吗？"我想这段轶事属于母亲曾经对我提起的那位研究生，不知道是不是因为他不会说话断送了这段缘分，只知道后来他去了美国。还是上大学回国探亲的时候，母亲就告诉过我，她年轻时其实也可以去美国留学的。人这一生往往就是一念之间的事，母亲在一九四六年选择了去解放区，第一次去美国探亲看我是几乎半个世纪之后。母亲参加了革命，也就算背叛了自己的家庭，后来与亲戚们走动很少。即便是曾经很亲近的七舅回来探亲，她也没有见面。我当时很不理解，如今倒是会觉得，很多情境下，也许相见不如怀念。

记不清是九十年代的哪一年初春，我被朋友推荐到一家传销公司，据说当时在南方很火，要到芝加哥拓展业务，一位朋友和我就成了最初的发展对象。虽然我再三推辞，公司总裁坚持请我们去休斯敦参观公司，盛情难却。三月的芝加哥还是冰天雪地，休斯敦竟然有些闷热的感觉。华人当时还不多，中国城也不成规模。介绍公司产品的是一位上海帅哥，长身玉立，口若悬河。会后共进午餐，随便聊天，我恭维他是南人北相，非富即贵，他告诉我他本来就是北人南下，籍贯天津。我因为他单名一个"齐"字，顺口问道："那你知不知道天津有个齐家？"他说："我取这个名字就是因为母亲是齐家的呀！"敢情我们是亲戚，只是他自己搞不清是哪一支的。因为他的主要使命是劝说我们加入，我又要赶飞机回芝加哥，没有来得及多闲聊。回到芝加哥后，因为最终没有答应加入他所在的公司，就没好意思再给他打电话，从此就断了联系。

后来我和母亲提起此事，才知道她的舅舅和姨母中，至少有两家到了美国。我也回忆起八十年代初，曾经有一位表舅来找她帮忙，让他的儿子被所在单位放行自费留学美国。这位远房表哥后来如何，我也一无所知。从历史的角度看，我很遗憾和这些或远或近有关联的人没有任何联系，许多个人史、家族史就是这样渐渐散失的。

齐家如此，于家更是如此。母亲去世后，家兄去榆树县探访，据说在那里有一栋魁星楼，是为了纪念这个曾经出过"一门五进士，叔侄两翰林"的关外望族，然而半个多世纪来，后人早已都不在此地。

二

战争在一九四六年开始，第二年母亲在战乱流离中生了一个男孩，不久就夭折了。我很小的时候就听母亲说，大哥前面还有一个真正的大哥，可惜没有活下来。母亲说这件事情的时候很平静，长大以后我才能够想象，那是怎样一种悲痛的过程。我从一记事起，就看到一个身体很病弱、精神很强大的母亲，总能平静从容地应对处理各种局面，虽然她偶尔会在并没有什么事情发生的时候失声痛哭。童年时如果母亲哭泣，我会不知所措。成年后我逐渐明白，她在经历那么多事情以后偶尔需要宣泄。然而其实我并不是很清楚母亲的经历，除了亲身感受在物资匮乏的年代养大四个男孩子的不易。我并不清楚也至今不是很能想象她究竟有怎样的经历，在怎样的一种情况下她曾经选择或者幻灭。

不止一位熟悉母亲的人说起过，她当年人漂亮、反应机敏、性格认真，虽然努力和周围的人打成一片，穿着十分朴素，在革命队伍里仍然显得十分扎眼。晚年母亲曾经告诉我，她那时开始感觉事情并不是想象中的那么理想主义，又有了几个孩子，渐渐失去了工作的热情。具体的原因或者契机不得而知，时间在父亲为避祸离开人民大学前后，母亲辞去公职，回到家庭。这在当时，不仅仅意味着失去相当一部分经济收入，而且是对体面的社会身份的放弃。终其一生，她既非党员也不是公务员。燕京大学毕业生几十年加起来总共也不过九千多人，以母亲的资历，本来至少是讲师，很有可能是副教授。她的选择，不知道是自愿还是不得已，她自己没有明确说过，我也就无从揣测。不仅当时，几十年后还有熟人表示难以理解。幸运的是，她也就因此躲开了接踵不断的政治运动，不仅不曾挨整，还节省出许多时间与生命留给孩子与自己。当然这些只是事后回想的一种自我安慰，当时生活各方面的艰辛往往是我们难以想象的。随之而来的饥馑年代里，我被母亲带到这个世界，不要说吃奶，据说连米汤都没有喝够。我在上大学二年级时，每天喝大半桶牛奶，大概是缺啥补啥吧。

女性的坚韧，往往在苦难降临时充分显示。在"文革"中，母亲不仅从容接待一拨又一拨的调查者、审查人，守护丈夫和孩子，而且经常安慰与鼓励处境艰难的朋友或者下一代的孩子们。儿时情景里，时不时有数人昂然直入、神色严厉、面无表情，声调仿佛审问，临走大多会气势平和了许多。我一直不明白她是如何做到这一点的。长大以后，她依然谆谆教导我要自尊、要不卑不亢这些听上去让人耳朵起茧子的老生常谈，不过她似乎是一直深信并且履践着这些话。我在认识自己无可救药的任性和意志力薄弱的同时，不免感受到母亲的意志力和自我克制的强大，可是这样幸或不幸，又有谁知道？

更为难忘的记忆，是那些夜半来访者走过黑暗的楼道，轻轻敲三下门，然后人影一闪就进了屋，所以后来我看电影比如《永不消失的电波》里地下工作者接头的场景觉得非常熟悉。而温馨的是进屋以后的悲欢，或坚强或软弱的真实流露。几天前在饭局上遇见一位才女校友，先谈音乐后聊诗词，交换微信不久，她读了我的文章，告诉我胡

家母（右一）在二十世纪八十年代与王若飞夫人李培之（右二）在一起

华先生的公子是他的姑父。胡华先生的名气很大，主要因为他主编的教科书是所有大学生不得不修的课。但是如果因此而以为胡华先生像他主编的教科书一样正统无趣，那就大错特错了。他是蒋中正的老乡，一口很不容易听懂的浙江普通话，文质彬彬、温和有礼，身材修长、注重仪表。"文革"的夜晚里，他是那些经常来串门的人之一。我依然能想起他有些沙哑的笑声，也记得他曾经说到激动处热泪盈眶。在我的印象里，他其实是个多情并且热爱生活的人，从青年到中年时期的风流，在禁欲的时代相当另类，也给他留下了一堆孩子。于是在晚年他把关爱都投射在孩子身上，成了一位慈祥的老人。

三

有的记忆，你不常想起却从不曾忘记；有的人，你此刻见到下一次不知何年。没有想到从上海到南京，如今可以这样轻松地当日往返：上午十一点钟还在浦东，下午一点半已在南京地铁上。看到"浮桥"站，我想起少年时每个月寄一封信到那里，有时候信封也是我写的。我又想起十八年前我曾来这里探望姨母，那时她身体还很健康，也很健谈。看过了一家三代人的照片之后，她送我走下灯光昏暗的楼梯，依依不舍地道别。我也没有想到这一别就是这么多年，姨母已经八十六岁，是家里最后一位健在的长辈。不久前听说她身体不太好，令人欣慰的是一见之下，精神矍铄、风度依然。

在高速成长时期，南京也不复古都风貌，走在街上感觉和北京上海街头没有什么两样，熙熙攘攘的现代都市感觉。在这样的地方和白发苍苍的老人共话家族往事，仿佛游走在一张张发黄的照片之间。第一次确认：外祖父出生在腊月二十五日，去世于一九八〇年十月四日，享年八十七周岁，算农历虚岁却是八十八岁。第一次知道，他在四十年代末曾经是法院的书记官。第一次听说，一个多世纪前的某一年，北京曾经流行伤寒，外祖父的母亲和三个孩子因此死去，他是唯一被治愈的幸存者。这些遥远的事情，既很私人，也闪烁着历史尘封里的微微光线。我是在一家医院里见到姨母的，她高兴得连午觉都没有睡。我告诉她，我开始在写回忆父母的文字，也在追溯母亲家族的历史。她告诉我，在革命年代她的出身成为重大的历史包袱，压迫半生。因此她虽然和外祖父外祖母生活在一起，为他们养老送终，却很少和他们谈起往事。那是一个努力改造思想、争取进步，对这种负有原罪的出身遗忘还来不及的年代。不过姨母告诉我，外祖父留下了一本回忆，记录了自己的生平，只是目前不知道放到哪里去了。我告诉她，我在阅读史书，也在网络上寻找家族史的片鳞只甲，以后也会去祖上居住过的地方，感受一下那里的风景。我告诉她，寻找个人与家族的痕迹，其实是为了寻找历史。于家八代人在历史长河里的起伏变迁，本身仅仅是微不足道的涓滴，但也是人不可能两次走入的河水。

我是第一次这样在行走中书写，一种独特而令人茫然的感觉。尤其是此时此刻，我住在一家酒店，窗外是深深的雾霾，朦胧间可以看见北京城区的小胡同。虽然经历过不知道多少次拆迁改建，但是还有不少过去的痕迹。俯瞰那些铺瓦的屋顶，虽然有可能是"树小墙新画不古"，但是形状上依旧当年。这个早晨，电视报道是"一二·九运动"八十周年纪念日。父亲一生最得意的事情，是他十七岁时就在"一二·九运动"中担任重庆学联主席。然而母亲记得最清楚的，却是一九四五年八月十五日日本投降时带来的欢欣：战争终于结束，关于和平的希望、关于未来的梦想，曾经照亮她的青年时代。那一年她住在大佛寺一带，我今天就要走过那里。在行走中我们走过长辈的华年，也在慢慢写下自己的一生。

花落花开水自流——于氏家族史一瞥

一

母亲在燕京大学读的是历史系，平生爱看的书也无非文史一类。如今想来，她对自家历史是一清二楚的，仅仅因为时代忌讳不说而已。一九七一年她和张遵骝先生一见如故，相交甚笃，多半也由于心知祖上和张之洞的关系吧。而我在一九八一年去长春留日预备学校读书时，甚至不知道母亲的籍贯，更不曾听说她祖先的故居近在咫尺。当然那时候我正在忙于读书恋爱，即使知道也未必会去。

第二年春天，我到日本东北大学文学院读大学本科，是一九四九年以后第一个来自中国大陆留学的公费留学生。国门刚刚打开，从外面看过去，中国还是一个陌生神秘的国度。我从来没有想要代表国家的自我意识与雄心，但是那一年倒是有些觉得国家代表了我。无论走到哪里，我的中国留学生身份总是被强调。有些人对我非常热情，大多数人很客气，有些人冷淡甚至充满戒心，这一切也是人之常情，毕竟那时还是冷战的年代。

在日本大学里，中国史一般被称为东洋史，教我东洋史的教授，如今我竟然连姓名都想不起来，可见当时交往不是很多。其实我对他印象挺深刻，大约是因为他明显亲台，对红色中国流露出怀疑与敌意，又由于这种立场，对来自大陆的留学生有时略显嘲讽。抱有意识形态偏见的人，我从小经常见到；留学生里坚持固有意识形态的人，也为数不少。有一两次他邀请我去他的办公室喝咖啡，说起他访问中国的感受，比如到某个城市，领导接见他，发现领导化了妆等等。不过他的课和一些教诲倒是给我影响不小：他主攻宋史，又是京都学派门下，对于宋朝在历史上承前启后的意义讲得很透彻，在当时于我是前所未闻的。在他的课上我知道了内藤湖南的名字，开始怀疑在国内读的几种中国通史给出的判断，回想起来还是心存感激的。日本的中国史学界把宋朝定义为庶民社会的开始，确实此后只有皇家和通过科举制上来的文官集团，再也没有世袭的贵族或者士大夫了。农耕社会里，家族的兴旺与传承需要考试当官，于是还能够留下一些书香门第；工商直到近现代一直是受到压制的，所以很容易富不过三代。

于家祖先，也大致是这样一个从农民到书香门第的故事。母亲的六世祖于居安，原籍山东莱州府潍县小东庄，现为山东省潍坊市寒亭区东庄乡小东庄，乾隆五十年（一七八五年）因旱灾闯关东，移居吉林伯都纳厅太平川，今属吉林省榆树市黑林镇太平川。据说于家是明朝洪武年间从山东文登县移到小东庄的，世代农耕，安居四百年，到于居安时才不得不背井离乡。然而人挪活且世事难料，于居安读过书，曾经应试不中，并且擅中医，迁徙太平川后，开药店兼营杂货，反倒一代致富。其长子于龙川生于乾隆四十年（一七七五年），少随父闯关东，治家教子有方。于龙川有三子，他命长子于凌奎继承家业，次子于凌云与三子于凌辰读书应考。于凌辰在道光十四年（一八三四年）中举，道光二十四年（一八四四年）中进士，后官至右侍郎，相当于今天的副部长，不过那时候全国只有二十四名副部长，数量上可能还不如今天北京一条胡同里住的多。于凌云后来也中了举人。

于氏由此成为当地望族。

我们兄弟知道母亲祖先起于关外，是相当晚近的事。母亲去世后，家兄去了一趟榆树市，才知道太平川于氏家族如今已经成为当地历史名人，先人创办的种榆书院故址犹存，修盖的魁星楼也已易地重建。

二

少年时去南方，觉得最美的就是梧桐树、林荫道，夏日里的清凉，阴影中的沉思。后来只见高楼四起、街道拓宽，那些茂密的树大半消失无踪。这次去南京，走在浮桥街上，虽然两边风景早已面目全非，但毕竟还有参天大树耸立，多少提醒了这个城市的年轮。看望姨母后从医院出来，两位热情的表姐执意招待我去一家老字号晚餐，交换各自的半生经历，感叹于家的兴衰变迁。在一个闪烁着欲望与物质耀眼光芒的时代，人们更加需要发黄暗淡、奄奄一息的贵族精神。许多人在从祖先系谱那里寻找家世血脉乃至文化传承，当商业化的大众社会铺天盖地时，自觉高贵往往是一种有益健康的心理暗示。其实，家族故事的真正意义在于它们构成历史的基石：相对于那些宏大叙事的政经脉络，个人遭际更在感性上接近历史真实。于家可考者七代，从十八世纪末至今二百余年，已经漫长得堪称幸运。姨母是外祖父这一支在世的最后一人，外祖父有四个女儿，除了二女儿夭折在豆蔻年华，其他三个女儿都是高寿，只是后人不再姓于而已。外祖父的爷爷，也就是家母和姨母的曾祖父于荫霖历任湖北、河南巡抚等职，在《清史稿》上有传，系倭仁门下，忝列清末理学名臣之一。但是他老人家大约为人相当方正，没有纳妾生出一堆孩子之类的行为，以至于只有独子一线单传。这位独子也就是我的曾外祖父，又时运不济，遇伤寒流行，失去了妻子和至少两个女儿。外祖父则据说是一位岐黄高人给他服下二两石膏才从鬼门关被救了回来，从而再度一线单传。

继承于龙川基业的于凌奎育有七个儿子，其中次子于观霖、三子于荫霖、四子于蘅霖、五子于钟霖皆中进士，于荫霖与于钟霖更被点入翰林院。加上他们的三叔于凌辰，遂有"叔侄五进士，兄弟两翰林"的美誉，在清代科举史上也确实独一无二。于荫霖更是这两代人中的翘楚，他虽然是保守派倭仁的学生，但是历任地方官如道台、巡按使，后来又迁升封疆大吏，并非迂腐顽固一路。事实上，他能够在一八九五年出任湖北巡抚，还是由时任两湖总督的洋务派重臣张之洞推荐的。清朝末年的政治派别，并不像想象中的那样泾渭分明，清流、理学家、洋务派之间的人际关系错综复杂，需具体厘清而非一概论之。张之洞本人就是出身于清流，从京城外放地方官后才转变成洋务派。于荫霖在翰林院被称为是"翰林四谏"之一，大抵也是清流一脉吧。虽然出自张之洞引荐并且在其直接管辖下，不过关于于荫霖担任湖北巡抚期间与张之洞的政见分歧以及两人关系，似乎有不同的说法。对此我没有研究，不敢多说。从已有的史料来看，至少于荫霖在湖北整顿吏治，还是得到了张之洞的支持与肯定。大约他是那种能力较强、自奉颇严、注重清廉的官员，但遇事有时会坚持主见，并不唯唯诺诺，所以一般被上司重用，但因缺乏通变，仕途也就只能止步于一省之长，做不了方面重臣。对我来说重要的是，七十多年以后，张之洞的曾孙张遵骝和我的母亲、于荫霖的曾孙女重续世交。张先生几乎是我的启蒙老师，虽未收徒，却讲述故事、借给我许多明末清初的诗文子集，只是这个学生实在顽冥，对于先生教诲中的深意多未理解。先生故去后，读到陈寅恪在张先生伉俪新婚时贺诗，才忽然若有所悟。

三

　　家兄去榆树探访，才知道太平川已经没有于家后人。他在凭吊时，遇见另一个人来献花，攀谈之下，原来也是母亲家姓于，六十多年前就搬到长春了。于家彻底离开榆树，大约是在改朝换代之际，但是家业的衰落应该早已发生。小时候读《红楼梦》，印象最深的，一方面是宝玉暧昧的梦遗，另一方面就是真事隐去、假语村言的苍凉。我也因能如此阅读，博得了早熟的名声。盛极而衰，本是人生的常数，于家亦不能免。兄弟四进士的荣光不过十三载，一八九〇年于钟霖在老家被告愤而吞金自杀，于荫霖也因为上书为弟弟辩护被撤职。虽然他不几年就平复，后来还擢升巡抚，但是于家在榆树的家业从此一蹶不振，在外为官的几支从此搬走不再归来。

于荫霖在河南巡抚任上去世，葬于南阳，后其子于翰笃迁葬于吉林省舒兰市天德乡并建墓。如今墓穴早被盗一空，墓碑无影无踪。为什么安葬在这里而不是榆树，具体理由不得而知，大概知道的是于家在吉林多产业田地，就连天德乡的地名似乎都是源自于家店面字号。于荫霖逝世后，曾外祖父把家安在了北京。他本人未入仕途，好像捐了一个知县一类官职。从能够为父亲迁葬建墓而且相当气派这一点看，家产还是颇为丰厚。不过大约一百年以前的家族历史，后人就已经所知无几，也没有保留下什么史料。战争与革命、政治运动与商业大潮对于历史的摧毁力，由此可见一斑。尤其需要留意的是，当祖先可能带来灾难时，后人不得已但有时也是自觉地选择遗忘，很多细节就这样湮没了。如今我只能推断，在于荫霖去世后相当一段时间，于翰笃虽经丧妻女之痛，却依然维持着家族的门面。或许正是因为从十九世纪三十年代起，于家一直是关外非在旗汉人功名最盛家族的缘故，与后起的另一关外望族、清末民初正处于全盛期的齐家才会联姻。

外祖父的第一位妻子是清末吉林省出的另一对兄弟翰林里的弟弟——北洋时期先后担任省长、内阁总长——齐耀珊的长女。关于这位外祖母，因为她去世时母亲只有六岁，知道的和记住的也就都很有限。她应该是很得齐耀珊宠爱，所以嫁妆极厚，身后留下的几个外孙女也继续经常归省齐家。外祖父生于一八九三年，在青年到中年里度过民国。科举已经过去，他从小上新式学堂，大学读的是法学院，毕业后做了律师。接过多少案子不可考。他和外祖母的婚姻是标准的门当户对，早年想必也是齐家的乘龙快婿。或许曾外祖父也是想要通过这次婚姻继续家族的荣光，不过外祖父好像不是那种能光大门楣的人物。在几个女儿的印象里，他温文善良、风流倜傥，但绝非很能干的事业型人。按照母亲比较言辞犀利的说法，外祖父基本上是一位公子哥，而不是一个成功的大律师。母亲说的是否完全准确如今也无从考证，大致靠谱的是，一九四九年天翻地覆时，外祖父在北京生活并不困窘，但家道已经中落。这一点似乎对他来说更多是福不是祸。他似乎成分未被划为"剥削阶级"，"文革"时也没有遇到被强制遣返原籍的噩运。不久前四姨母告诉我，他在四十年代末是北平高等法院的书记官，四姨母据此在填写家庭出身时写的是"国民党小官僚"，后来又被劝说要如实对组织交代，出身越不好越能够显示要求进步的决心云云，升格到"大官僚大资本家"，从五十年代到"文革"结束，给自己带来无穷祸害。母亲和大姨母不知是否有先父或者其他党内高人指点，根据外祖父的律师身份，在填写家庭出身时写的是"自由职业者"，从而在几十年中免于因此挨整。

先父身材不高，家兄却有一米八七，据说酷肖外祖父。我还是多年前看到过外祖父的照片，而且不很清晰，却也觉得外祖父长身玉面，一表人才。母亲说我的性格有些地方也和外祖父相似，这话并不见得是一种褒奖。母亲对她自己的父亲，似乎有一种相当复杂的感情。我想这也是其来有自：外祖母去世后不久，母亲和姐姐们曾经被送到苏州姑姑家寄居，直到外祖父再次结婚后才回到家中。这段经历在母亲的记忆里，似乎留下相当深的影响。四姨母告诉我，外祖父晚年曾经工工整整地写下一部简短自传，收藏在她的老家里。我还没有读到，不知道对了解外祖父会有多少帮助，但我想等读过后再细细追溯他的生平。一九四九年后，律师行业不复存在，外祖父从此再不曾工作过。五十年代中期，四姨夫工作调动，举家迁往南京，外祖父和外祖母也随着女儿南迁，从此再不曾回到北京。我从小就知道外祖父外祖母在南京，十几岁时更是每个月去邮局汇十块钱到浮桥一枝园，可是我从来没有见过他们。外祖母在"文革"中病故，母亲收到信后有一天哭了一场，然后第一次告诉我外祖母是她的继母。

四

那以后母亲开始断断续续告诉我一些小时候的故事。她年轻时的照片、书信和衣服，绝大部分都在"文革"里烧毁了，只残留下漏网之鱼的两三张照片和一件黑缎镶深红天鹅绒花旗袍。照片中的容颜、衣服的精致与光滑的触感，与现实中的朴素憔悴形成鲜明的对比，深深印在我的少年记忆里。我很喜欢听母亲讲故事：四姐妹曾经貌美如花，名字也是中间排行一个"芷"字，后面取一种草字头花草的名字。母亲的本名是于芷萱。

在物质匮乏、思想高压的岁月，回忆是一次精神的寻欢。她们上教会学校、受美式教育，在家延请家庭教师补习音乐、美术，这一切在一九七五年听起来就像是十九世纪西方小说里的世界。她们后来分别进入清华、燕京、辅仁等大学，就好像清末许多官宦人家的后代一样：仕途虽然不再，书香依旧保存，只是后来在革命的暴风雨中，不知被纷纷吹落在哪里。

见到我时，四姨母一只手紧紧握住我的手，另一只手拿出一摞照片，都是七八十年前的青春岁月。我第一次看到二姨母，在传说中她性格非常柔和，看上去也确是最温婉的一个，却红颜薄命在十七岁上。亲人的死亡或早或晚终将来临，没有谁能够逃避。然而我想很早就经历这种冲击，可能会影响人的一生。母亲曾经说过，她和二姐的感情非常好，在我看来，可能是因为她们俩性格截然不同吧。幼年丧母，少年失姊，后来又经历过战争和许多事变，母亲面对死亡相当淡定，另一方面也不免对人生有一些消极和悲观的态度。我在少年时，有很善感的一面，不大像一个男孩子，对此母亲有时担心，有时赞许，有时有些不以为然。

一九八〇年秋天的一个周末，我回家去看望母亲，她手里拿着一封信对我说："姥爷走了。"她看上去很平静，我也就没说什么，只是要过信来读了一遍。外祖父晚年双目失明，生活不能自理，四姨母忙完工作，还要照顾老人，辛苦无比。她又是责任心忒强的性格，信中还在自责没有照顾好父亲。我半夜醒来看见母亲房间还亮着灯，就走进去，看见她独自坐在那里，目光空空地望着墙壁，双唇紧闭，清泪两行。我走过去在她身边坐下，握住她的手。

没有"母亲节"的那些时光

一

　　"母亲节"的早晨，飘着微微细雨。部分因为最近写文章经常卡壳，戒了六年多的烟有死灰复燃的趋势。望着翠绿的草坪和远方的小湖发呆，心想每星期写一篇文章也蛮拼的。

　　朋友提醒我今晚有"母亲节"聚餐，饭局还是偶尔要去的，虽然这个节日与我没有什么相关，而且我对商业化流行化的节日多少有些啼笑皆非，不过我向来不较真。大学时代一群支持断子绝孙的朋友，坚持到最后只有我一个人。经常被问到为什么没有孩子，如果不想解释，我会很认真地说，据统计有百分之十到百分之十五男性多少有不育症，我不知道自己是否有繁衍后代的能力。这种鬼话一般具有一剑封喉的效果，至于闻者同情的目光和感受就爱谁谁了。久而久之，有时候会恍惚觉得自己是不是真的有病，这也从侧面证实了一个时代现象：谎言说多了或者听多了，人往往自己就信以为真，失去了辨别真相的能力。

　　威尔逊总统一九一四年签署法案设置"母亲节"，不过刚满一百年，传入中国更是近年的事。所以先母那一代人是不过"母亲节"的。其实母亲从小读的是教会学校，后由北京汇文中学保送到燕京大学历史系。终其漫长的一生，她没有向我提起过"母亲节"，若干年前我在电话里"祝母亲节快乐时"她也没有什么反应，更多是关注我养的小狗。燕京大学寿终正寝后，北京大学从沙滩迁入燕园。历史系办公室坐落在静园二院，我上北大以后有一个星期天陪母亲在校园里散步，走进无人上班静悄悄的二院。在西南角的一间厢房前，她驻步良久。那是一间深锁的储藏室，四十多年前是母亲住了三年多的女生宿舍。

由于"珍珠港事件"燕京大学被关闭后，母亲曾经是职业女性，抗战结束后一年去了解放区，打过游击教过书，却因为性格与思想，终不能咸与革命，在一九五〇年代末辞去公职回到家庭。在狂热的革命年代，她选择了退出，此后终生扮演当时称为家庭妇女如今称为全职母亲的角色。其间甘苦，何足为外人道？就连我身为其子，也未必真正了解。

母亲回家后一不小心怀上了我，本来不想要，却被劝说前面已经有三个儿子，这次该是个女孩了。我估计这个说法打动了一直想有个女儿的母亲，于是我被存留下来，而人生的常态是与预测恰好相反。我出生在所谓"三年困难时期"——最饥饿的时期，虽然家住首善之区的北京，父亲是每月工资二百四十三元的高薪阶层，母亲后来回忆起来颇为自豪的也只是家里没有人浮肿。每听她这样讲我就忍不住想，看来大多数家庭是有人浮肿的。根据国家统计局的数字，那年人口下降了一千万。母亲怀我时已是四十岁，身体向来虚弱，适逢食物匮乏，其艰辛可想而知。父亲此时正在和蔡尚思、孙思白、陈旭麓、彭明共同主编大学教科书《中国新民主主义革命时期通史》，据其回忆录《流逝的岁月》中说，主编有资格去指定商店买特供商品，每个月有些肉蛋和两条烟。那是物资按照级别分配的时期，用现在的话语讲，阶层很固化。单位因为粮食不够吃便组织人出去打猎，打来鸭子若干，每位主编分得一只。蔡、孙、陈、彭四位先生把分给他们的鸭子都转赠母亲，编书组的其他几位先生也把分给他们的三只鸭子贡献出来。母亲晚年时常提起他们，深为感激：幸亏这八只鸭子，我在她肚子里还没太缺营养。因为是高龄产妇，母亲住进位于骑河楼的北京妇产医院，预产期已至，我却不肯到人世间来，就这样耗进了摩羯座。在一个凌晨，终于胎动，到医院后却迟迟生不下来，值班医生手足无措，母亲虽然已无气力，但清醒冷静，对医生说："你不行，快请张主任来吧。"张主任是林巧稚先生的高足，赶来会诊，确认是婴儿脑袋太大卡着出不来，于是动用产钳，把我拽到尘世。据说我一出生就拒绝啼哭，被拎起来狠狠打了屁屁才"哇"的一声，让所有人都放了心。

二

随着年龄增长，生活安定，同学聚会日益频繁。高中同学过了三十年后见到我多半惊呼："你小子看上去正常多了！"我不大确定这是一种肯定还是一种惋惜，能够确定的是当年不怎么正常。事实上从童年到少年，除了智力我各方面都在平均值以下。在还没有记事之前，我就不断在生病。两岁多脖子上长了一个大肉瘤，几乎遮住半边脸，如果开刀，即使治好也难免破相。于是我成为四大名医之一赵炳南医生的病人，外敷加若干副汤药后，大肉瘤消弭于无形。没过多久，出麻疹受风抽搐，差点夭折，幸亏黎澍先生的夫人徐滨女士、北京中医医院儿科名医齐老的女弟子邵大夫等人连夜救治，几床棉被压在身上，到第二天早晨汗流如水，才慢慢缓过来。此后的三年里，我大约每隔不到一个月就会发一次四十度高烧，被长兄用自行车驮到位于北兵马司的儿童医院挂急诊打一针。多年以后，我偶尔做梦还会梦见屁股上布满针孔。不过还是要感谢上苍，那时候不少小孩就是这样高烧烧傻的，而我的后遗症大约只是看上去反应慢半拍而已。

一直到中年，我经常梦到自己穿着病号服，躺在一间暗蓝色大病房里凝视天花板，咬着肿起的嘴唇。我从没有野狐禅地释梦，但我想这个梦该是来自一九六六年夏天割扁桃腺在协和医院住院的经历。"文革"刚刚开始，医生护士们都忙着参加运动，并且推出新规定不许家属陪住。手术结束后，我被推回病房。入夜，病房里十分安静，仿佛只有我一个人一样。五岁多的我想呼喊可是一点声音也发不出来，睁着眼张着嘴，几乎彻夜未眠。

　　扁桃腺割了以后，不再定期发高烧，但仍然时不时患一些奇怪的病。有两三年时间，脑袋上东一个西一个长脓包，化脓愈合后，头发就没了，于是头上留下许多五分钱硬币大小的秃斑。由于头大，这些秃斑就更加引人注目。我遵医嘱，每天用姜片涂抹这些秃斑若干次。大约坚持了一年，不仅秃斑消失，而且头发越长越多，到青年时，变成一头浓密的卷毛。一九七〇年代初，我又被支气管炎、疝气所苦，一度咳嗽声音像老头，走路像小儿麻痹症。大人们有时候议论我以后能干什么，结论是当不了工农兵，去茶叶店或者中药房做售货员是最好的出路。

　　少时多病与辍学倒也有许多意想不到的效果：比如说一出去疯玩就生病，结果大部分时间只好被拘在家里；没有同学没有小伙伴，除了偶尔跟在大孩子后面当尾巴，只好自己待着。这样我从七八岁就开始旁观大人的世界，记忆里没有童话世界，只有许多成人的面孔。据说我自己也很早就变得老神兮兮的，从小我就常仰望天花板，十一岁时的照片就皱眉作深思状，还时不时发出一声叹息。这样倒也使我有更多时间与书为伴、习惯独处，或许性格里多了一点耐心，后来能够沉默面对生活中的种种无奈。当然寂寞是难免的，尤其我小时候属于话痨，以至于有一段时间经常自言自语。那时候人群拥挤，没有自闭症的概念，也没有谁担心，反而男孩子只要不在外面玩得一身泥土甚至头破血流地回家，就算是好孩子。像我这种成天宅在家里，据说还忒爱看书的，属于稀有动物。由于不给家长添事，就得到了肯定，再如同念绕口令一样背诵《长恨歌》《琵琶行》，就更被一致夸奖，我自己也不禁飘飘然起来。又比如说，我因此更多时间和母亲在一起，而父兄们不得不跟随着时代瞎忙乎，接受批判参加运动去插队去工厂去干校。九岁以后，相当多的时间家里只有母亲带着我，而她身体不好，我渐渐学会买菜做饭记账熬中药，习惯和母亲聊天。大约十三四岁时起，她和我聊天更像朋友，虽然我一向不听从她的教诲，但事后会告诉她自己的感受。和母亲的这种亲近感对我走近弗洛伊德颇有帮助，当时第一次听说恋母情结这个词，多少有戚戚然之感。但我在二十岁离家去国之后，再也没有回去和母亲生活在一起，随着时间渐行渐远。

三

一九六六年夏天的另一段记忆是母亲深更半夜在家里烧东西。那时候家里生炉子用的是蜂窝煤，一块煤烧完了以后不加煤，而是往里面塞要烧的东西，熊熊火光燃起，一会儿就烧完了。母亲保持了几十年的照片、书信，从民国时带过来的旗袍、西装裙就这样付之一炬。个别的漏网之鱼总是难免的，有一件黑天鹅绒底镶深红色花的旗袍，因为压在大衣柜的最下面得以幸存。有两三张照片因为散落在别处而没有销毁，总算让我能够看到她年轻时的样子。

母亲在燕京大学读书时，曾经扮演话剧《日出》里的陈白露，和当时名字是孙以亮的孙道临在话剧团同事，但并不很熟识。母亲演主角，大概是因为容颜姣好，据母亲自己说，并不是很喜欢也不是很会演戏。在我眼中，她毕生腰板笔直，头发和衣服收拾得整整齐齐，精气神十足，无论在哪里都是引人注目的人。然而从我记事起，母亲春秋冬三季永远穿着同一件洗得发白的外套。"文革"中有五年半，父亲的工资被扣了一半多。家里四个男孩子一个比一个能吃，即使四处举债也还是吃不饱的样子，所以她自己十分俭省，为了孩子连饭都吃不饱。母亲本是大家小姐，从青年到中年忙于读书、职场和革命，并不擅长家务，却不得不在饥馑的年代为少米之炊。直到晚年，她最喜欢的是读书，笃信并不时嘟哝"开卷有益"这句老话。

后来我一直没有在学校接受革命教育，从小对人生的意义和价值认识很模糊。在少年懵懂时，就隐约觉得自己在世界上是一个多余的人。这使我在一九八〇年第一次接触萨特时有醍醐灌顶的感觉：一个人是随意地被投掷到这个世界的，存在本身没有意义。要到多年以后回首往事时才会发现，萨特当年在中国风靡一时是有原因的，我也不过是众多被倾倒的青年人中之一而已。狂信之后的怀疑、高压之后的释放也很不可靠，荷尔蒙消失后，我们在渐渐老去的同时，更多地成为既得利益者与现有秩序的卫道士。一半出于困惑，一半出于目睹上一代人的艰难，我在大约二十岁时就决心断子绝孙，并且很认真地和父母讨论过。他们都尊重我的选择，在对传宗接代的无所谓方面，他们都很难得也是我一直感念的。泰半由于革命时代的影响，他们终生固执于自己的观点，不惜为此争执，平添许多烦恼，往往还付出现实的代价。多少有些新文化运动时代的余绪，他们对所谓传统批判大于接受，对下一代的离经叛道未必理解但能够宽容。我曾经对他们或多或少地怀疑批判，然而在他们远去后，我日益感受到血缘的传承，认识到除了现实利害、功利考量什么都不在乎的状态，同样令人绝望。

　　少年时影响我最大的是十九世纪到二十世纪西方浪漫主义小说与诗歌，然而对其中时不时洋溢着的生之喜悦我素少共鸣。青年时我以为延续子孙的冲动更多出于浸透到下意识里的观念，制造一个生命来尘世走一遭的必要性十分可疑。不知不觉中到了四十多岁，日常生活安定且周而复始。我一直喜欢狗，照看过朋友的也养过别人送我的，于是有一天拒绝为人父的我当上了狗爹。几个月后，犬子出了个医疗事故，从急救室归来，它高烧不止，簌簌发抖，我守在它身边彻夜未眠。

　　母亲最后几年，故旧凋零，她对周围的人事也渐渐失去了兴趣。她越来越愿意我和她打很长的电话，每次回国时她希望我在她身边多陪她。我们越来越少谈到过往的岁月、具体的人和事，她更喜欢听狗儿子的故事，经常要我寄去照片。时光缓缓地走，母亲越来越瘦，但直到最后一个星期还神清智明地写日记。她几十年的日记多是简要记事，人名多半用字母代替。我想那是出于谨慎，不过后人要想解读，需要一些福尔摩斯式的努力。她活了九十岁，无疾而终的前一天，住在邻镇的亲戚生了个大胖闺女成为母亲。在那个夏日黄昏，生命的递嬗令我望着天际的白云，久久枯坐。第二年的秋天，我和家人乘一艘快艇，在北戴河外的海上将母亲的骨灰撒入大海。

　　"母亲节"聚餐后之夜，凌晨无寐，我忽然想起，这一天是狗儿子来到家十周年的日子。下楼抚摸犬子，它瞪着大眼睛：老爸，你怎么了？窗外细雨微声，透过窗帘缝隙，一道清清的灰白色路灯光浸入屋里。

人事·书事

小明爱唱。"三人在京，难不常见，却时有音问。一九八一年，大兴三十岁时由北

京大学保送日本留学，自那以后，只是从李新师和师母于川处知道大兴的

零星信息。直到二〇〇三年李新师逝世后，才东兵的办公处与大兴及

他的三位先长匆匆相会。又过了十年，这一次大兴回国长住，总算有

时间晤谈、畅谈诵读他的书稿。

大兴生于一九六〇年，是国人饱受挨饿之苦的大饥荒年代。弟于一九六三年春

从长春来到北京，每饭面对的只有黑面火烧、盐炒泡青豆和无油青菜汤。

陈铁健先生为本书作序的墨宝之一

回忆早年的王小波

一

九年过去，我仍然清晰地记得，一九九七年四月十三日晚九时许，居洛杉矶的一位作家朋友，打电话告诉我，小波因心脏病突然过世。这位朋友平素写京味小说与杂文，偶尔来电话，总是一侃起来就滔滔不绝妙语连珠，那晚却是很忧伤黯然的声音。我们的通话很短，然后各自去体会同代人死亡消息带来的冲击。

那天夜里，我枯坐了半小时，连吸了四支烟。我感到难过的是，小波和他父亲都是很有才华的人，一个英年早逝、一个岁月蹉跎。小波之死和乃父何其相似！他们都是在身边没有一个亲人在场的情况下突然离开了这个世界，死得很孤独，让人感到一种宿命的悲哀。我想写几句话，但终竟一个字也没有写出来。过了些时日，小波的追悼仪式在八宝山举行，悼念文字越来越多。我想，比我更熟悉他的人大有人在。而且我从来抵触八宝山，也没有想发表文字，就把纸笔放在了一边。后来关于小波的各式各样的文章就更多，我也就更不想凑热闹了。

我的朋友和我，与小波相识都是由于上一代的交情。家父和小波的令尊王方名先生自一九三四年在川东师范同学，到一九八五年王先生过世，有长达半世纪的友谊。"文革"期间，家父曾赠诗云："风雨巴山四十秋，长江不改向东流。凶终隙末寻常事，惟我与君到白头。"王方名先生过世六年后，平时不写悼念文字尤其不为名人写的家父写了一篇很长的回忆文章，记录了终生默默无闻的王方名先生在小波出生那年被打成"阶级异己分子"并被开除共产党党籍、二十八年后始获平反的坎坷，晚年的几近疯癫以致郁郁而逝。今天是小波的九周年忌日，近来终于拾起纸笔的我，忽然想与这篇短文回忆身后忽然名满天下的王小波，也是因为对于世事的变幻，别有一种感慨。

教育部大院子弟聚会时的合影（摄于一九九五年十月二十二日。前排右三就是王小波文中曾提到过的、绰号为"线条"的肖林——王小波的邻居、同学和知青插队时的队友。当年，她曾偷越国境去缅甸，要当缅甸共产党，并一度动员王小波同去。照片由胡沙先生次子胡贝提供，属首次发表）

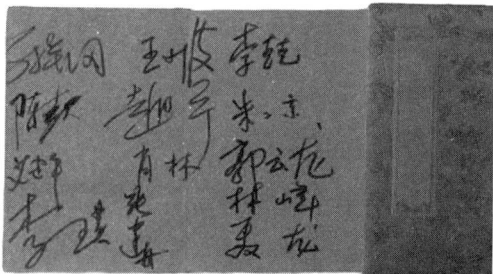

这次聚会的签名簿（照片由胡沙先生次子胡贝提供，属首次发表）

我是家中幼子，在父母的同辈朋友的子女中也是最小的一个，父母和朋友过从时，我便常在各家哥哥姐姐身上爬来爬去，直到七八岁还闹着要骑马。小波比我大八岁多，就连他的小弟晨光也长我近六岁，所以我至今还清楚记得在他们背上的情景。在整个"文革"时期，我从儿童成长到少年，除了小学一年级上了几个月以外，一直在家无所事事，大木仓胡同教育部大院第二重门进去后向右转的那三间平房是我常去的地方之一。其中单独坐落在拐角的一间，就是小波曾经生活过多年的地方。那间只有一扇朝西窗户的小屋，又暗又乱，总是飘着北京卷烟厂的劣质烟草味道。而我印象最深的是小波的床，被子大约从来不叠，和床单一起总是近乎灰色。一九七六年或更晚一点，我就斜靠在这张床上读了《绿毛水怪》，写在一个很普通的薄薄的作业本上。我也读过其他的几个短篇，但印象都不深，后来果然只有《绿毛水怪》留下来了。

我记忆里的小波，是二十岁上下，高高瘦瘦，不修边幅，穿很旧的蓝制服，领子常有点歪，走路踢踢踏踏，时而咧嘴一笑，露出白色牙齿，与偏深的脸色和发光的额头相映成趣。他说话在北京人里算不怎么快的，有时带些嘲讽，更多时透着些疲懒的神色。小波的相貌更多像父亲，只是脸更长、个子也高许多。他父亲那硕大歇顶的脑袋如同他那神色飞扬狂奔不已的谈吐一样留给我很深印象。王方名先生一生都是一个充满狂想的人，性格猖傲，言词极端。他很年轻就革命去了，直到中年仕途顿挫，被发配到工农速成中学当教员，尔后调入人民大学哲学系逻辑研究室，因命运而进入马克思主义的逻辑学。尽管他才气纵横也很勤奋，总考虑一些很大的问题，有许多宏伟的计划，却没有基本的学术训练，加上政治运动不断，终未写出任何传世之作。与王方名先生相比，小波的性格在我印象里要沉潜得多，在小时候属于看上去"憨厚"的那种，在五兄弟姐妹中是最蔫的一个，但时而话语有异常人。比如他十五岁时来我家见到家母的问候不是说："阿姨，您最近身体好吗？"而是诚恳地问："阿姨，您没病吧？"这种装傻和成年后修炼出来的反讽，在小波的文字中颇为多见。少时家境，虽然谈不上遭过大难但总不免有走背字的感觉，似乎对小波有巨大影响。王方名先生在反抗尚有自由的年代，为包办婚姻与家庭决裂而开始了自己的人生道路，因深禀川人爱摆龙门阵的习性，从不含蓄，虽未由于多言贾祸，一张利索的嘴就得罪了不少人大约也在所难免。小波一方面和他父亲一样，胸怀大志，内心骄傲；另一方面，由于性格、经历，更由于所处时代的禁忌，在早年就不是一个张扬的人，内心躲在好像满不在乎而疲懒的外表背后。

由于年龄最小，我都是坐在一边，听大人或兄长们神聊。那些闲暇似无穷尽的日子，当时常感无聊，如今好不怀念。到"文革"结束后不久，小波这拨人都开始准备考大学，我也回到学校开始读教科书，和同龄人接轨，初恋与高考等等。生活突然变得人人皆忙碌起来，圈子发生巨大的改变，很少再见到小波，只偶尔听到他的消息。我上大学不久后即留学，而小波也在一九八四年赴美。待我到美国时他已回国，而当我回到阔别多年的北京时他已归道山了。

小波故后，我曾多次到匹兹堡。那是一个依山傍水的城市，夜景尤其美丽。每次去匹城，我都会驱车到山顶，隔江眺望北岸市区的灯光。有一次我想到小波大约也来过这里很多次，而时间河水流过，斯人已远。

二

文字还是很反映一个人性格的。我觉得小波后来的文字也有意无意之间没有走上激烈的路子。读其杂文，感觉是他的思想其实谈不上激进，也回避强力批判型的文字。我倒不以为那仅仅是为了文章能够发表而做的妥协，我更倾向于他向往的是做一个纯粹的知识分子，那也是我们这一代文人的情结之一。我们在革命时代长大而被革命咬了几口，自身也无可避免地带些革命后遗症的痞气。另外，经历过泛政治化和泛意识形态化的人，从本能里就懂得如何曲折地表达社会关注，这既是一种坚守，也是一种处世术。小波的思想与背景使他的选择不是去做一个敢言者或斗士而是比较中性的评论家，在现实层面上，唯其如此文章才能出版，写作才能不被外部环境干扰。他的主张如反对偏执，追求智慧，要讲得有趣种种，和他的小说一样，在八十年代毫无声息而从九十年代后半起大为流行，实在与时势变迁有莫大的关系。

令我啼笑皆非的是，近来有些文章在拿鲁迅和小波比较。不知道是否由于去年在鲁迅纪念馆办了一次王小波生平展览的关系。这很有拿鲁迅说事来借此提高王小波的文学地位的嫌疑，因为鲁迅先生仍是中国大众最公认的大作家。然而鲁迅先生追求的是做一勇者，终其一生激烈批评现实，其"勇气"自不待言，其偏执亦不必为尊者讳。小波追求的是做一智者，是一个不同的方向。

王方名先生生前最受刺激的事，莫过于大量手稿在"文革"里散失无遗。据说他晚年精神偏执，思路飘逸，与几乎所有人都吵翻。而小波则太幸运了，幸运到了让人无法抱怨：他穿过的毛衣成了展品，从此或价值不菲；他写过的情书成了畅销书，让书商喜笑颜开，也给今后的情书指南提供了一本参考书。对比父子际遇，也算是对生活的残酷与荒诞的一瞥。

我为小波的小说杂文有很多读者高兴，因为我相信小波也想成名，希望自己的作品广为人知。毕竟，一个人想当作家，也就会想有人读其作品。说自己不这么想的人十有八九是矫情。如果他有一些与朋友思想往来的书信，拿来出版也不为过，倒会对将来研究他的人有益。不过小波好像属于独行大盗一类，既未打入文坛某一团伙也不见有许多曾深入交流思想的朋友。

人性喜欢窥探隐私的好奇心，远胜于追求智慧这种高尚愿望。所以商业时代，名人感情私事最适合做书架上的公共风景使之贴近大众。一次成功的文化商业行为往往以牺牲审美趣味为代价。当年曾见大杂文家梁实秋的情书，情挚词朴仍不免读来滑稽肉麻。

智者和勇者从来是人类的短缺产品。在今天，被认为是勇者的人一般容易引起争议还很可能犯忌讳，而被认为是智者的人不大招惹谁还保不准商机无限。如果说鲁迅先生和王小波有可比性的话，或许首先该比较二人身后的盛名。鲁迅先生被祭奠了几十年还将大把的文人倒进了鲁迅研究的池塘里，与"红学"并驾齐驱，蔚为当代中国文学研究的两大奇观。与鲁迅先生相比，所谓"王小波热"还只算小巫见大巫。如果不再赚钱，"王学"兴起的可能性也不太大。虽然我完全理解"王小波迷"们多是心地善良、渴望智慧的文学青年，"王小波热"的推手们也多是为了他的文字而尽心尽力，我仍然不以为无节制的溢美是对逝者的尊重，尤其对于小波这样一个十分在意语言的准确并说过"思想、语言、文字，是一体的"（《我的师承》）这个道理的人，把他捧上天去恰恰会把他涂写成一个错误的前提，"从一个错误的前提就什么都能够推导出来"（《人性的逆转》）。

我十七岁游逛到杭州时想去看岳飞庙，见到的是一片被夷平的工地。从那以后，我了解到我们有着悠久的鞭尸掘坟的历史，而从一个极端走到另一个极端是很容易也常见的。神化也好，亵渎也好，折腾永远不再会说话的死人是最省事的选择，折射出这个族群缺少宗教和不尊重个人的传统；还可能有内心深处的胆小怕事，好事的人们往往也是世故的。

三

单用国民性自然无法说明"王小波热"之所以发生，还是要回归他的作品和我们的时代。我没有受过文本分析的学术训练，更极少读当代文学批评，偶尔翻一下，觉得做个文评家一定要是码字的快手，那正是我的弱项。在我的票友人生里多少用过心的一是写诗，一是史学，这两者都是忌讳长篇大论的。我也还远没有读遍小波的作品，而且以我五柳先生式的读法，读了也就是在嘴上卖弄书名而已。所以读书很多的人不见得有学问，主要在于怎么读。既然无论传统的《说文解字》还是西式结构、解构都不会，手边更没有足够的资料，我也就只能写点感想。一方面，这叫"无知近乎勇"；另一方面，我也有个很说得过去的理由，就是人文学不像科学，不存在似乎绝对的真理、定律和结论，不是说非专业人士就免开尊口。在这里，自以为达到真理的人都有些可疑，而凡人的思考与怀疑同样可能提供很有意思的视角。在这里，妄自尊大和自我菲薄都不可取，开放式的立论与质疑才是理想的态度。

我觉得，小波的主要心血在小说，然而他的杂文可能给他带来了更多的读者与更大的声名。在我读过的部分年轻一代关于小波的文章里，说自己是由杂文而接触他的居大多数。这是启发我这么想的经验性理由。我去国日久，又是圈外人，自然孤陋寡闻，但我还没有看到同代作家里有谁像王小波写了这么一批思想相对温和、语言比较易懂、文字略带嘲讽的议论性杂文。相对而言，多数同代人文章的语言和内容喜欢带些学术味道，只适合人文学或社会科学圈内人读，而小波的文章虽谈不上老少咸宜，至少相当一部分理工科出身的人也会读。小波主要从九十年代才开始发表文章，此时的读者群主流已比他年轻了一代。对于他们而言，小波的文字既新鲜又适合他们这代人的相对简捷明了直奔主题的思维方式。也许更重要的是，八十年代是西学断绝三十年后再度东渐时期，所谓文化反思热的激进夸张，文化对现实政治的参与意向，对西方思想文学的接近生吞活剥的引借，最后以悲剧戛然而止，产生了巨大的社会反作用。此后，思想界转趋沉潜与保守，整个社会在商业化同时也非政治化。小波的思想由杂文直接表达，没有太多舶来气息，有锋芒而不激进，对时事基本不介入，既企图坚守思想自由又知道自律，正好暗合也参与构成了当代思潮的一个重要方向。

虽然小波由于走得早吸引了大批读者，但读者多少与是否被准确解读一点关系都没有。虽然我看的不多，但看到的对他的流行解读要么引用其杂文的某些章句近于望文生义，要么不管搭不搭界地把他比附某些作家，不是误导，就是说了等于没说。比如拉上乔依斯垫背，奥威尔绝对有影响，卡夫卡也还沾边，马尔克斯、博尔赫斯则是影响很大，许多人想仿效又学不来的，把乔依斯找来就需要点想象力，自己离当大作家也不远了。又比如说他文字天真有趣，傻子最天真，王小波是觉得思考有趣，生活中嘴上这么说的人比真这么想的人多得多。又比如说追求智慧，结果智慧究竟是什么还没有弄清楚王小波就给扛到了追智教教主宝座上。

九十年代初王朔红极一时，也是时势使然。王朔是第一个普及调侃和反讽的人，功不可没。他那种"千万别把我当人"里的幽默与无奈在中国既经典也预示着一个时期的开始。然而痞气演过了就容易发腻，找乐装不吝也难以持久。所以王小波说我要做知识分子，我要享受思想的乐趣，而且他说话的方式不做艰深状，有王朔的京味但不那么贫，符合在指点迷津之余也愉快地满足阅读需求，就从世纪末开始得到了共鸣。

小波从早年就想当小说家，杂文是副业。他的雄心在小说方面，他明显想通过小说构筑一个自己的世界。他有自己的思想，但没有这方面的野心，在杂文里只是东一下西一下地谈了一些想法。想了解或评论王小波，需要分析他的小说。我觉得，只看一些杂文就误认小波的成就在于思想，不仅是由于读漏的书太多而缺少对二十世纪中国思想史的基本认识，更多半因此会影响对他小说的阅读。

我倾向于小波在写杂文时候会想到读者，写小说时候就顾不上他们，只管自己面向天空疾笔狂书去了。我倾向于小波如果在世，看他小说的人不会太多，对他小说的好恶该相当分明。我倾向于买过和翻过王小波小说的人远多于从头到尾读过的人。大多数人其实不觉得他的小说好看，而少数从头到尾读过的人或许会惊呼：小说原来还可以这样写，于是大家一起欢呼王小波的想象力和智慧了。

我是大约一九九五年先看到《黄金时代》，当时的感受是，小波的文笔较当年变化颇大，写得冷静多了，而追求荒诞效果这一点则不变。我当时遗憾的是，这篇小说虽与多数叙述"文革"的作品不同，却仍以性为主轴。而我一直认为"文革"叙述可以有类似《日瓦戈医生》的方式。在当时现实中性压抑不仅不是唯一的元素，而且并不怎么重要。写"文革"的文学在伤痕愈后一窝蜂地注重性，多少缺失了更多元的视角。后来，我陆续读了另两个时代和其他一些小说，了解到《黄金时代》只是一个大架构里的一部分，性在那里和时间一样，是一个多意性的主轴。《黄金时代》可能是最被广为阅读的，它的结构不脱传统时空叙事也是基本现实的，所以它虽然被认为是代表作，却多少游离于另两个时代之外，有点不搭界。在《白银时代》那里开始可以看到小波的叙述在结构方面的想象力，时空错乱，人物叠合，看似无序，实则出于他的精心设计。

我有一个感觉，小波的结构想象力其实主要来源于他父亲。七十年代中我曾不止一次听王方名先生开讲他那有关人类思维与逻辑的大体系，虽然不敢说理解其内容，但还记得那言辞尖刻、意兴遄飞、唾沫纷扬、慷慨激昂的形象。王方名先生关于形象思维的思考本身，部分就是对想象的逻辑性的考察。小波的语言风格，所谓"汪洋恣肆"的想象，在叙述背后对于联想的理智建构，无一不看到来自其父的影响。不同的是，王方名先生的主要思想来源是革命意识形态，想从一个根本性的一元体系演绎自己的逻辑学体系，几乎一开始就注定要无疾而终；小波的主要思想来源是翻译文学和一些西方哲学，如罗素，想用理性的想象编织一个小说的大体系，虽然未尽全功，毕竟已初见端倪。

我想欣赏王小波小说的人，或是认同其想象力，或是以为其语言在当代文学里比较少见。然而我觉得他的小说的特点在于，他讲一个其实未必絮烦的故事，却有意说得支离破碎、乱七八糟。虽然也属于那类解构的小说，同时他又在解构中试图建立一个抽象宏大的结构。他想把故事说得像一个有趣的智力游戏，让读者好像在一个迷宫里来回转悠，时刻看到不同的风景，做出多样的解读，又找不到一个确定的结局。我看不出除了荒诞，小波还想在小说里表达一定的思想，思想在这里并非一个重要元素。我们这代人对于文以载道有很分歧的看法，小波大概是反对派那拨的。小波恐怕更关心如何把小说写得聪明，而这也是西方现代文学的一大潮流。在他那里，思想也罢，现实批判也罢，是次要的。他所希望的是有自己的空间，写自己的小说，并不以社会关怀或思想指南为己任。这种相对个人化的想法，凸显在他的杂文里，凑巧合乎今日中国的思潮。

喜欢什么样的小说这件事，也属于青菜萝卜各有所好的问题。而且，在一方面有所长，大多就在另一方面有所短。我想，小波小说里鲜见影响当代文学很深的俄罗斯文学的厚重沉郁，好像也看不出本国的忧患传统，他想必很反感文学的教化与煽情。小波的联想驰骋，更多由理性操作，是把一段段合乎逻辑的冷静叙述，在打乱的时间、空间、主体和载体之中连续起来，写出一个或多个模糊荒诞的世界。很可能，相当一部分写或研究小说的人会喜欢，相当一部分数学智力高的人也会喜欢小波的那种看似"天马行空"的能力。然而，这样的小说写法其实是很理智的，某种意义上是很"男性化"的。我个人的阅读体验是，小波小说有冲击力，在中国也有一定的颠覆性，然而少了些悠远纤细的感动。如果做一个问卷并分析，也许会发现以下几点：喜欢他的小说的人其实总数并不多，能读明白的更少；而这些人以知识分子为多，以"文革"后成长起来的年轻人为多，大约以男性为多。

四

业余文评只能客串一下，小波的作品还是留待后人评说。以后的事情怎么样，谁都不知道。当代人看到的是，王小波已经是二十世纪末在中国一个很有影响的作家，成为文学史的一道风景。

然而，真正让我震痛的，其实并不仅仅是小波的逝世。七年多以前，在一次数百人的本地华人宴会上，有人说起此前不久，一个来美十多年的大陆学人在底特律遭劫身亡，我们都熟悉的中国驻本地的领事专程去协助处理后事。这样的事情很少发生但也总是有的，人们在席间感叹了一阵子也就过去了。几个月以后，我才知道这位遇害者竟然是小波的弟弟晨光，当时的感觉就像被人一拳打在胸口上。

晨光和小波看上去一点不像：小波嘴唇厚厚的，言语不多，似乎很憨实；晨光嘴唇相当薄，话多且快，显得很机灵，才气外溢。相同之处是，晨光也是很聪明的人，虽然不是在文字方面。他生于一九五五年，一九八二年毕业于北京钢铁学院，一九八七年留学美国，一九九三年在新泽西大学获有机化学博士学位。他在一九九八年七月七日晚下班途中汽车抛锚，下车寻求帮助时遇劫，受伤不治。

命运有时候是残酷的，让人无话可说。我已经多次体会到，在你认识的人死亡时，语言没有意义。要过这些年，我才想写这些文字，虽然我不以为这些文字有什么意义，过去的事情也就过去了。在我写此文时，读到一篇短文，提到小波与晨光的母亲宋华女士乐观而健康，有时难过就背背毛泽东诗词。唉，毛泽东的影响真是深远久长啊！

愿小波与晨光在天之灵安息。

（本文写于二〇〇六年四月十日王小波去世九周年忌日）

一片冰心在玉壶——忆陈旭麓先生

一

还是在二〇〇八年，时任《读书》主编吴彬女士在信中垂问有何文章可发，那一年十二月是陈旭麓先生逝世二十周年，我答愿写一篇回忆文字。吴彬主编欣然同意，并嘱我九月前一定要交稿，否则赶不上十二月号。然而整整一个夏天，日子过得匆匆忙忙，我一直找不到感觉，越是想要好好写的文章越难下笔，于是无疾而终。越明年，吴彬主编也退休了。如今又过了近七年，再过三年，就是陈先生百岁冥诞，我自己也年轮徒长，时不我待，再不留一点个人史的侧记回顾，连记忆亦终将随风而逝。陈先生作为史学家的文章成就，不待我赘述，我未曾遗忘的，只是两代世交间一些私人往事。

书房里的陈旭麓先生

陈先生与先父订交于五十年代，后一道编纂大学教科书，在北京共同切磋数年，遂成通家之好。他们二位和蔡尚思、孙思白、彭明主编《中国新民主主义革命时期通史》，借用清末权臣荣禄故居会客所在的八角亭，编出的一套四册教科书虽然流传甚广，然而时代局限终究令其没有更多史学史价值，倒是一班人结下了几十年的交谊，绵延到各自生命尽头。"文革"头三年的红色氛围之中，父亲和他的大多数朋友都是被革命的对象，本地亲友关系近的、胆子大的偶尔还有来往，外地的几乎完全音信隔绝。就连在南京的外祖父，母亲也只是照例寄钱但不再通信。那时极少收到外省来信，很多人的状况乃至生死要到五年甚至十年后才知晓。具体时日已不可考，我想大约是中共"九大"前后吧。有一天忽然收到一封寄自上海却没有地址的信，拆开来也只是薄薄一页，一段报平安的文字，没有提及任何人名，然后抄录了那阕《芙蓉楼送辛渐》，"洛阳亲友如相问，一片冰心在玉壶"，落款"知白"。套一下《百年孤独》的笔法，多年以后，母亲还会回忆起读陈先生这封信时的感动。大人的心情，年方八九岁的我自然无从体会，直接的影响只是因此多会背诵一首古诗而已。

对我来说毕生难忘的是不久以后收到一个包裹，这回是有地址有姓名的，打开来竟是一盒当时在北京根本见不到我也从未吃过的酒心巧克力！在每户一个月只有两斤肉、两斤鸡蛋，冬天一不留神就整整一星期只有大白菜的年份，仅那些精美闪光的糖纸就足以添加童年为数不多的美好回忆。国产酒心巧克力里面包的可是货真价实的白酒，八岁多的我喝了居然啧啧称香，并且由此记住了八大名酒：茅台、五粮液、泸州大曲、西凤酒、汾酒、竹叶青、古井贡酒和董酒。大概是二〇〇五年圣诞节前，UPS（"联邦速递"的英文简称）在门前雪地上留下一只纸箱，里面两小木盒精致典雅的酒心巧克力，是美国本地一位医生朋友送来的惊喜。我感激之余忽然想起往事，一时心潮澎湃说不出话来，只好吃了一块又一块，想象当年的味道。

此后若干年，间或会收到署名"知白"的信，再后来收到签有"陈旭麓"名字的信反而有点陌生。我长大以后,偶尔也会东施效颦地署"知白",虽然也是在特殊时刻,有其缘由。我更喜仿效的是陈先生的书法,方正饱满,劲气内敛,可惜字更是学不来的,只折射出我辈与陈先生这代学人之间的差距。从后来信件中得知,陈先生报平安时其实并不平安。夫人陆女士"文革"中罹癌,乱世中得不到有效治疗,一九七〇年便故去了。听母亲讲,陆女士是大家闺秀,风度很好。陈先生二十多岁就当上了大学教授,不仅写一笔好字,更写一手好诗。他和先父时有唱和,而功力远胜之,部分收入其全集。我后来去上海时看到陈先生和夫人年轻时照片,那真是一对民国时风度翩翩的伉俪。

陆女士逝世时,五个子女最长不过二十岁,幼子只有十一岁;其中三个被"广阔天地大有作为"去了,分别到江西、云南、安徽农村插队。陈先生自此在长女帮助下操持分居四地的一家,其中辛劳,他从未提起。我印象深刻的是陈先生有一次寄来几首诗,其中一阕《七绝》加注,写"文革"中夫人被单位里每日革命运动得早出晚归,而陈先生因为家住华师大,反倒早回家。习惯了每晚等候,以致妻子去世很久后,在静夜听到楼道里上楼的脚步声,他还会觉得是她回来了。短短二十八字,不过白描状写,读来令人怆然。

陈先生终身未再婚。

二

陈先生受教于私塾,幼习经史,旧学造诣很深,后就学长沙孔道国学专科学校和大夏大学,治学于抗战兵荒马乱之中,二十四岁时就写出了《初中本国史》,二十八岁开始任教于华东师范大学前身之一的大夏大学,三十一岁被聘为圣约翰大学教授,华东师大建校后任历史系副主任,于上海史学界早有才子之名。六十年代在北京与先父等共同主编大学教科书后返回华东师大,不久后被擢为副教务长,这一行政职务使他在"文革"之初就被抄家。抄家之前,陈先生已经预感不妙，他手头有张存折，左思右想不知该往哪儿藏，最后装在一个信封里，再用糨糊粘在桌子下面，自以为得计，不料被红卫兵一下子就搜了出来，成为顽固抗拒的铁证。

挨了几年整以后，大约一九七〇年底，上海市"革委会"常委朱永嘉借调陈先生入上海市委写作组历史小组。朱永嘉"文革"前是复旦历史系青年教师，颇有才华，"文革"前即入上海市委写作组，姚文元文章里与历史有关的部分多得其助。陈先生中年丧妻，独自承担家室之累，自然不敢不遵命，不敢不努力，然而他内心深处对"文革"是有看法的。如果我记得不错的话，陈先生在一九七三年和一九七六年两度来京，与家父母几次深谈。在一个政治无处不在的年代，政治态度直接影响人际关系。我能感觉到陈先生和父母依然坦率无间，可以想见他们对时局的看法没有太大分歧。其中印象最深的一次，是母亲带我在中山公园"来今雨轩"请陈先生吃饭，那里的冬菜包子的味道至今难忘。我貌似早熟，其实懵懵懂懂，实质是一枚没心没肺的吃货。由于包子吃多了有些犯困，完全没有听他们聊天，只记得谈了整整一下午，颇为感慨激动的样子。陈先生去世后，母亲每一忆起，多半会说和陈先生最谈得来，然而几十年里，真正的长谈，似乎只有这一次。

父亲一九七二年传说被周恩来点名主编《中华民国史》，曾经想过再集合当年一起编大学教科书的几位同修。初起炉灶，就从山东大学借调孙思白先生入京，然而陈先生所在的写作组，其时位居枢要，岂是他调得动的？更不用说还牵涉子女和住房等方方面面。一九七六年十月，华国锋逮捕"四人帮"，"文革"结束。上海市委写作组旋即被解散清查，除了负责人如朱永嘉被判刑外，一般成员在接受审查后回到原单位。然而陈先生回到华东师大历史系后，"文革"前担任系主任此时官复原职的一位教授借参加写作组事对他极尽排挤，以致陈先生直到七十岁逝世时仍然是副教授、带研究生数十人而无博导资格，是"后文革"时期史学界一段荒唐而荒诞的公案。这位教授在陈先生去世之后，未有任何表示，其嫉恨怨念之深，以至于斯。陈先生一方面有湖南人的倔强，直言"古往今来这种排斥的事情太多了，也实在太下作了"，另一方面，他其实没有把职称看得很重，而在著书育人之间自得其乐。陈先生的名著《近代中国社会的新陈代谢》和《浮想录》都是晚年的结晶，这两部书里的见识与治史方法，奠定了他为最重要的史学家之一的地位。陈先生在《浮想录》里写过，中国不是自己走出而是被打出中世纪的，言下之意有许多中世纪的残余，他一生的经历又何尝不是一种见证呢？

三

一九七八年暑假，我戴着草帽和墨镜，一个大书包里放了几身换洗衣服和一百块钱，独自去江南旅游一个半月。从北京到上海的快车整整开了二十四小时，我在早晨到达上海，穿着一件跨栏背心，戴着草帽墨镜，脖子上搭了一条毛巾。陈先生的长女林林姐姐来接，一看见我这副样子就大笑说，"老憨大"（上海话读 gang du）的。除了普通话什么方言都不会的我，从此学会了一句上海话，也是我迄今为止会的唯一一句，看来真有些"憨大"。其间大多时住陈先生家。陈先生看我时眼神亲切柔和，夜里有时还会来看看我睡觉是否把身上盖的被单掀开。我当时很喜欢写旧体诗，七绝居多，偶尔也写七律。我是在十三四岁时读《白香词谱》等书自学的平仄，但是普通话没有入声，所以用字经常不合格律。每成一阕，就要向陈先生请教，陈先生很高兴指点我，毕竟那时候十七岁喜欢写旧体诗的少年不多见。可是他究竟指点了什么我一点也记不得了，只记得有一次他带我去吃凉面，两毛六一碗，好吃的味道至今难忘，陈先生看着我饕餮的样子，露出温暖的笑容。他并不是很爱说话，只有在谈及文史时才会眉飞色舞，滔滔不绝，可惜他的湖南官话我并不能完全听懂。陈先生很勤奋，每天晚上都在他的书房里写到很晚。我有时溜进去看看书，请教他一些问题，现在想想一定都问的是很傻的话，陈先生会很耐心回答，一直到我听得都傻了。那年我还很幼稚，不似后来再见到陈先生时，已经懂得中国其实早就没有封建社会，倒是有一个长长的长长的中世纪。尽管如此，我隐隐约约感觉有一种精神上的倾慕。在高压动荡、风雨如磐的岁月里成长，我从小就看到成人的世界，本国男人的残忍疯狂、冷漠怯懦。十几岁的时候，我表面看上去很有礼貌，内心却很叛逆，对我的父辈并没有多少尊重。遇到陈先生之前，只有张遵骝先生给我不少教诲，引领我走近古书，尤其是明末的世界。然而张先生的小心谨慎、敏感多疑有时候让我想笑，我毕竟还是少年，并不懂得张先生何以如此，反而少了一些敬意，相比之下，我更喜欢陈先生柔和而又潇洒淡定的态度。他们的教养谈吐在不经意之间具有的魅力，后来我才知道那是在民国时少数人能够修炼的。

那是我平生第一次出门远行。那一年生活仍然贫瘠，物价十分低廉，一百块钱是一个很大的数目。治安相当良好，一个来自北方的少年游荡江南，深夜走在杳无一人的西湖堤岸上。我在太湖之滨一间阁楼上推窗望月，但见水波盈盈、树影森森。我在苏州公共汽车上邂逅倩影，伫望之间，不知不觉坐过了站。我在杭州大学暑假空无一人的学生宿舍里独住数日，每夜蚊子从蚊帐的缝隙里钻进来，叮我四五十个包；回到上海，环腰生了一圈大包，不几日开始化脓，痛得动弹不得，整整躺了一个星期。在炎热夏日摇着扇子读《二十四史》，写一篇只有自己觉得感动但从未完成的小说。后来我才知道我患的是带状疱疹，俗称"转腰龙"。病好之后我回北京，临行前陈先生买了一只大奶油蛋糕让我带回家，那么大、那么多奶油的蛋糕我在北京从来没有见过。第二天早晨，我捧着一只巨大的蛋糕盒抵达北京火车站。

我有时会想起长风公园的夜、丽娃河边的情侣，还有"红房子"西餐馆。一九八五年我又去那里吃了一顿，那一年我对中国思想史发生兴趣，想回国读研究生。恰好父亲去复旦大学讲学，就跟着他去看看有没有可能性。父亲给历史系高年级学生和研究生做了一次讲座，他口才很好，讲完后反响十分热烈。我忽然感到只有我这个儿子对他的高论不大感冒，也开始意识到在国外读了几年书以后渐行渐远。第二天我们去看陈先生，他很仔细地问了我的状况，听了我的想法，然后告诉我他这一代耽误了很多年，视野有很多局限，现在努力补课可是没多少时间了；有机会接触国外史学是很幸运的事情，研究历史还是不要限于思想史等等。陈先生说话声音向来不大，有时像是自言自语，我不记得当时我听明白没有，但最终我没有回国，也就很多年没有去上海，并不曾想到与陈先生就此永诀。

四

林林姐姐一九六六年"文革"中学生"大串联"时曾经在我家小住，穿一身洗得干干净净的旧军装，英姿飒爽。那时候我年纪小，很赖皮，时不时骑在她脖子上兴奋大叫，长大以后回想起来有些不好意思。不过据说我那时候是逮谁骑谁，颇有人来疯的一面。二十六年后相会在纽约，我驱车陪她游览美国东部，一路上有时说些往事，陈先生的一生在我心中渐渐立体起来。我仿佛感到他在看着襁褓中的我，然后是少年、青年，直到一九八八年十二月一日，他感觉有些疲倦睡下，从此长眠不醒。据说陈先生去世后的追悼会上，六七百亲友和学生无不悲声哭泣。在那一天前后的某个黄昏，我在遥远的日本仙台，从研究室骑自行车回到公寓，收到母亲的来信，微微颤抖的字迹告诉我陈先生的噩耗。那时候电话费很贵，也没有电子邮件，和家里还是用手写的书信往来。我读完信，抓起电话打给家里询问详情。母亲告诉我陈先生在梦中猝逝，走得很安详，没有痛苦，只是太突然，让生者怎能不悲伤。

天色渐渐暗去，我枯坐了很久没有开灯。天终于完全黑了，从窗外透进几许薄橙色的街灯光。这是我平生第一次经历一个我内心感觉亲近的人死去，虽然这种亲近感我从未对任何人说出。这一方面是平

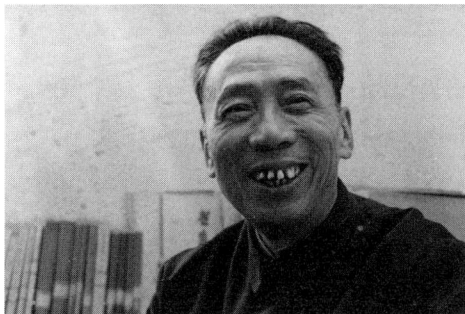

陈旭麓先生

素看上去波澜不惊的性格使然，另一方面是因为我相信有些模糊的深层感觉不必说出。我当时就想，过些年写篇文章纪念陈先生吧，不料一下就过了二十七年。

在我四十年前的日记本里，夹了两张陈先生的墨宝，伴随我走过岁月天涯。一是一九七五年一月三日给我的一张便笺："大兴：新年的第一天接到你的信，好像又见到了你一样。我刚得到两本小书，寄给你，当作回信吧！陈旭麓。"由此可知，我在少年时曾经写信给陈先生，而我自己一点也不记得了。另一张是一首《七律》，年份不详。

六月十五日傍晚由沪飞京，兼柬李、孙、彭同志（指李新、孙思白、彭明——笔者注）

> 飞穿雨雾入青暝，天上霞光放晚晴。
> 此去文章原有债，未来史简岂无凭。
> 风驰仿佛闻帝语，云幻依稀恋友情。
> 浮想如潮人似水，华灯百万已京城。

陈旭麓于北京

被光阴掩埋的背影

一

最近常听李健的歌，偶然听到这首《什刹海》：

> 什刹海边住过的那条街
> 又是遍地金黄的银杏树叶
> 河灯已点亮
> 湖心的黑夜
> 却不见摇晃的碎月

十年前的一个夏夜，听说前海后海沿着湖开了不少小酒吧，就约了朋友去体验一下。重新开发后的什刹海，亭台掩映，灯火幽明，是很有小资浪漫情调的所在。游客多是青年白领或情侣，像我这样的中年人很少。在二十世纪六十年代，那里其实并不太像公园，湖边很多住家，路灯暗淡，是所谓小流氓出没、"拍婆子"的地方。冬天那里是北京最大的滑冰场，偶尔会打一场颇具规模的群架，然后流传一阵故事与谣言。我和朋友喝了两扎啤酒，溽热渐渐散去，华灯初上。有一搭没一搭地聊了会儿天，我提议去散步，沿着前海南岸走了一会儿，又拐进一条胡同，再往左转时，路牌上看见一个熟悉的名字：白米斜街。我不禁轻呼一声，这可是我儿时常来的地方，不过是靠近地安门外大街的东头。我们向东北走过去，不一会儿就到了另一端，可是往日踪迹全无。四分之一世纪过去，记忆自是稀薄了许多，胡同的名字和门牌号都记不太清楚；更有多少沧海桑田，物非人亦非。我怅然走在地安门外大街上，只能凭关于地理位置的模糊印象，依稀看见一个少年走进地安门副食品商店，花七毛八买了一斤蛋糕。那时也是夏天，他穿着跨栏背心，头顶草帽，拎着蛋糕哼着《毛主席的光辉把炉台照亮》（这首歌后来曾被改编"梁祝"的陈钢改成小提琴曲，流传甚广），走进了三十年后他相信是白米斜街的那条胡同。是五号院还是七号院他真是记不住了，但是他还记得院落并不大，总是打扫得干干净净，过了第二道门的两间北屋，门总是敞开的，张老总是笑眯眯坐在那里。

中国科学院哲学社会科学部一九六九年被全体下放到河南"五七"干校，关于这个干校最著名的描述，自然是杨绛先生的《干校六记》。按军队编制，每一个研究所成为一个连，所谓军队"支左"来的军代表担任指导员。各连的情况很大程度上取决于军代表的态度，父亲所在的近代史研究所军代表为人比较圆通，大概是方方面面都不想得罪，虽然这样的结果往往是哪一面都不讨好。无论如何，父亲渐渐从阶下囚变成座上客，后来还参与了一点连队的日常管理。

张之洞的曾孙张遵骝先生，早年毕业于北京大学哲学系，后任教于复旦大学，五十年代被范文澜调来编写《中国通史》。读书人下放到农村干体力活儿是一种变相的流放，身体不好的自然招架不住。张先生久患哮喘，在干校发病危殆，父亲代为说情，终于得到回京治病的许可。之前一年，我家从铁狮子胡同一号搬到永安南里学部宿舍，与张先生成为一楼之隔的邻居。本来张先生这样出身世家的"高知"（高级知识分子的简称），对父亲这种算是党内知识分子的"高干"一般敬而远之，经过在干校共患难有了交情。张先生回到北京以后不久，父亲介绍母亲去找张老看病。母亲原来是北京中医院名医卢老的病人，卢老是岐黄高手，曾经治好过母亲疑似癌的肿瘤，第二年却自己患癌去世，好像还不满七十岁。母亲自年轻时就体弱多病，"文革"中尤甚，常年需服中药治疗或调理。我经常去药房抓药，喜欢上了药材的味道和大堂安静的氛围。抓药等上一两个小时很平常，往往是带一本书，在药店里找一个角落边读边等。久而久之，药房里的师傅都认得这个大脑袋细身子少年，我一进去就会说声"来啦"，我赶紧毕恭毕敬地打招呼，递上药方。时光缓缓漏去，我的阅读从《育婴常识》到《世界各国概况》、从《红旗飘飘》到《丧钟为谁而鸣》，大多染上了中药的气息。中药抓得多了，有一段时间我能背不少味药名，还多少知道一点功效，看着老中医的风度，曾经想过自己将来要不也这样，后来一上大学、一出国，渐渐就把这一切都遗忘了。

二

小时候多是找卢老看病，就习惯了卢老的范儿，有点架子，自信、健谈，谈吐颇有机锋，用药相当凌厉。也许正由于这样的个性，卢老似乎一直不是很快乐，具体缘由我不得而知，但享年不永，应该与此相关吧。第一次随母亲见张老，圆短身材，眼睛本就不大还总是含笑眯缝着。时值盛暑，张老穿背心、短裤，手执大蒲扇，看上去与大马路电线杆子底下借着灯光下象棋的老头儿并无二致。张老说话，态度十分随和谦逊，一点脾气都没有似的。他声音不大，一口地道而略为绵软的京腔，后来我才明白那是民国时代北京人的话。张老最初开的几个方子，都是些平淡无奇的药，见效也慢，和张老的性格一样，"慢慢来，没问题"是他的口头禅。他住的两间狭小北屋，统共就二十多平方米，堆得满满的，连坐的地方都很局促。墙上密密麻麻挂着字画，每次去张老家，如果前边没有病人，他一定不是在看画就是在读线装书。母亲从来没有问过张老的名字，也不清楚他的生年，这一方面是出自礼数，另一方面也是由于她那代人的谨慎：不打听别人，也少说自己的情况。当时家庭出身不好、有海外关系都是大忌讳，和八十年代之后以家世显赫、海外有亲戚为荣的风气恰恰相反。熟悉了以后，听张老自己说起，父亲是清末御医，他继承父业，民国时开诊所多年。五十年代"公私合营"，取缔私人诊所，开业医生泰半入国营医院，张老是极少数拒绝当"公家"医生的人，就此成为无业游民。至于为什么不肯去公私合营的医院，拿相当高的工资，张老仅说是因为他自己"觉悟太低"。隐约记得张老有七个子女，大多在"文革"前就上了大学，有一个儿子好像学地质，被分配到青海。老夫人在街道工厂上班，我去时常看见她在前院，带着从青海送回来的小孙子。七十年代初，地安门街道"革命委员会"的老太太们办了一个街道门诊部，请张老坐堂，每日半天，挂三十个号，一个号五分钱。不清楚张老能拿到多少钱，但总算是有份工资了。

我至今不清楚他从五十年代中到"文革"这十多年如何谋生。北京不似上海，有相当一批大大小小资本家，公私合营以后主要靠银行里的利息维持生活，而且一个中医在民国至多是殷实之家，并非大富大贵。另一方面，前朝富贵到了"文革"时绝大多数被扫地出门遭遇很悲惨，隐居在大杂院的张老倒是平安无事。在我的印象里，张老虽然说话谨慎，却又活得泰然，乐乐呵呵的。他想必善于与人相处，估计把街道"革委会"搞定了，所以在七十年代中"批林批孔"的阳光下，敢于公然在屋里挂着古字画，记不清在屋子中间有没有挂毛主席像了，很可能还是挂着的。到了九十年代听说张遵骝先生晚年曾经变卖祖传名画贴补家用，我忽然想到张老当年可能也是那叫作旧货店的当铺常客吧。

我们请张老开方治病一般是去他家里，按照革命年代的潜规则，不可以付钱，但礼数总是不可少的，所以每次去必备一份点心或者水果，张老必拱手道谢然后收下。记得最常买的是一块钱一斤的浅黄色蛋糕。张老为人极其周到，一定先聊一会儿天，家里每个人都问到了，然后才认真地望闻问切。我印象最深的是在家里处方时，张老总是用毛笔写药方，一手漂亮工整的小楷。

家兄有一同学，平常身体健康，二十五岁结婚后却发现有"不举"之症，四处求医不愈，遂介绍他到张老家看病。张老沉吟许久，并未开汤药，处方竟然是一味用于治胃的成药。同学愕然，张老也不多言，只说你服用两个月，不好再来见我。同学半信半疑，来问母亲，母亲劝他先遵医嘱吃一段时间。不足一月，霍然痊愈。

那时北京生活物资匮乏，运动却一个接一个。不管是积极革命的，还是心存怀疑的，大多数一门心思发着政治高烧。张老从来不予评论，和母亲熟悉后，有时会聊些民国年间北京的人物和吃食，偶尔感叹一句，其实哪个朝代的人都差不多。跟着张老看了十多年病，这中间的天翻地覆和改朝换代也差不了多少，不变的是张老那双笑眯眯的小眼睛。随时间推移，张老由医生成为朋友，尤其和母亲、三哥谈得来。母亲性格果断、爱憎分明，却和喜怒哀乐不形于色的张老很有共鸣。在"同志"是普遍称呼的年代，张老特意称母亲"于先生"。我是跟在后面只有听的份儿，却也渐渐听出些记忆。张老是一个很好的倾听者，他对人的同情总是那么真诚，对事的反应总是那么和煦。他从不生气，更不发怒，虽然世事人生有许多无奈，他却表达得婉转温和。

三

张遵骝先生没有子女，待我如同自己的孩子，也是我少年时的启蒙人。我曾经写过一篇《遥远的琴声》怀念他，发表在《读书》二〇〇七年十月号，之后《读书》又发了一篇读者来信，才知道牟宗三于抗战期间曾经被张先生资助，而那时候的张先生"广交游，美风仪，慷慨好义，彬彬有礼。家国天下之意识特强，好善乐施唯恐不及，恶恶则疾首痛心"。七十年代中期的张先生，却是脸色惨白病弱惊惶的老人，以至于出门都有困难。至少有一次是我陪他去看张老，从他们的交谈中我隐约感到他们交情十分深厚，但是他们又是如此不同。和张老在一起，张先生似乎更能直抒胸臆，虽然气喘吁吁，谈起具体事时仍滔滔不绝，说到激动处双颊泛红。张老静静听着，并不发表意见。在他对张先生的态度里，有一种对读书人的尊敬，也许是长年隐于市吧，张老习惯于把自己放得很低；也许是装老百姓装久了，渐渐地下意识有了一种身份认同。

在我的少年时代，张先生和他的夫人王宪钿先生仿佛来自另一个世界。他的家国意识、他的悲观态度不知不觉地影响了我的一生。而张老却是从容淡定、观棋不语、笑看风云，在他面前，忧患感似乎并无意义。洞察力一方面带来平静，另一方面也导致唯有生活才仿佛是实在的。张老曾经慨叹的是：如果一家人能够在一起那该多好！在当时那确实是一种奢望，我家六口人就分在四个地方。如今回首我也不禁慨叹：所谓知识分子往往怀有高度的期待，更多人却不过是渴望低度的生活。在几代人求温饱安宁而不得后，这种反差在中国尤其明显，对历史进程、对个人生活的影响，往往是我们不曾看清的。

在商业社会的忙碌中年里，人很容易就稀里糊涂地"前尘往事成云烟"，而且消散得无影无踪。待到"往事纷到眼前来"之际，许多记忆却已模糊。大约七八年前，有一次我回京探亲，检点旧札，在一本日记里夹着一张药方，纸已发黄，字迹已陌生。要在记忆里搜索一下，才能反应过来这是张老开的药方。那一年正好在网上和人掐架，告诉那些奉胡兰成为民国时大书法家的网友，其实只是民国的书法看的太少，不知道那时候字写得好的文人墨客多了去而已。虽然我不懂书法，但在时隔四分之一世纪之后，重睹张老墨宝，更惊于他的字骨而秀。且那根本不是秀书法，而是一边想着味药，一边想着剂量一挥而就。 我努力回想张老的样子，却发现我一点也不了解他究竟是怎样一个人。他似乎喜欢书法，可能也擅长丹青。他无疑是一位高明的老中医，但除此以外，他的文化底蕴、内心思想都躲在温和的笑容、一点也不起眼的矮胖身影背后。我曾经感到他的谦和与通达，然而我并不知道达到这样的境界需要怎样的修为。听说张老在街道诊所给人看病又看了很久，没有去想要聘请他的医院，也不曾像别人那样著书立说。他一直保持着一介平民的姿态，也一直如他自己平时闲聊的那样：人活一辈子平平安安就好，不要去求名利，也不用想留下什么。于是他就什么都没有留下，光阴渐渐掩埋了他的背影。

去国许多年后，听说张老在九十多岁上无疾而终。

当时俊彦竟蹉跎

一

　　二十一世纪第二个十年的文字，竟是从挽联开始。二〇一〇年一月十七日星期天中午，在手机上收到一条留言，是来自胡其安叔叔的外甥女的讣告，说她舅舅已于十五日在旧金山附近过世。听到消息回电，却联系不上，我立即给先生在维也纳的次公子打电话，听他低沉的声音讲述父亲突然去世的情形。我们一起长大，然后分别已三十年，本来有约前一年圣诞节去西海岸看望他双亲并见面，但后来都未能成行。我劝他节哀顺变，却突然泪水涌上，三十秒说不出话来。我从小泪腺不发达，善于隐藏内心的波澜，多年不曾这样失态。然而死亡如同爱情或者大地震，具有在瞬间压倒人的力量。

胡其安先生于旧金山（摄于二〇〇七年，照片由胡先生的长子胡克立提供）

胡其安先生生于一九二五年，四十年代去英国留学，获当时为数很少的国际法博士学位。他不仅书读得好，而且爱国、左倾，是民盟英伦分部负责人。所以获得学位并在联合国工作一段时间后，他五十年代初就归国参加建设新中国了。改革开放后报上经常有谁谁在国外留学有成，坚拒高薪聘请，毅然归国一类报道，胡其安先生可是真真切切放弃一切，满怀激情地回到上海的。适逢一九五二年全国高校院系调整时，法学、社会学被认为是"资产阶级"的，导致法律系和社会学系被撤销，他被分配到复旦新闻系任教。虽然转行，但是胡其安先生觉悟很高，服从组织，努力工作。他天生性格开朗，又迎得外语系校花为妻，更加神采飞扬。半个世纪后，他的学生回忆："胡其安老师风流倜傥，潇洒飘逸，最有风度，尤其是他的口才极佳，演讲时，一字一句，只要记下来，就是一篇很好的文章，没有一句废话，没有一个多余的词语。有的同学到现在还清楚地记得苏伊士战争爆发后举行的一次时事报告会，他第一句：'苏伊士运河某月某日开战了。'一句话就把全场的注意力吸引了过来。他为我们举行过模拟记者招待会，那时还没有电视，记者招待会大家都还没有看到过，他帮助我们得到了对记者招待会的感性认识，有的同学到现在还能回忆起他的神态动作。遇到难以回答的问题时，就如何转移话题，或者宣布'招待会到此为止'。他是我们眼里见过大场面、大世面的年轻教师。"（毛微昭：《欣遇名师复旦园》，见复旦大学《校史通讯》第六十二期。）然而妻子出身资本家，貌似也不是忞要求进步，于是毕业后被分配到北京一所中学教英语。一九五七年"反右"时，他自己虽然努力参加，未成"右派"，也处境不佳，被批判为"党内民主人士"，遂追随妻子北上在人民大学任教。

二

我出生时，胡其安叔叔已是我家邻居，同在张自忠路一号大院一栋建于一九五六年的红砖宿舍楼。这栋式样如斯大林时代苏联公寓的红楼，挨着破败的旧执政府哥特式灰砖大楼，极不相称。每套房子以当时标准而言很宽敞，按现在的算法大都在一百平方米左右，然而装修极其简单，地板是磨光的水泥，儿时每一跤都摔得生疼，而我由于平衡机能不佳，忒容易摔跟头。当我写这篇文章时，眼前突然清晰地现出一九六七年胡其安叔叔的形象。家里一屋英文书，他抽着烟斗在房间里踱步，虽然穿的也是蓝制服，但总是很整洁，头发梳得一丝不乱。"文革"已如火如荼，大院里有批斗会、"阴阳头"，偶尔还有个把跳楼的。胡其安叔叔这时已调入外交部，他的英国绅士派头和一口典雅的英式英语，旁人看去忒像外交官，但是那时候外交官需要看上去革命，而不是像外交官，结果他被打发到资料室坐冷板凳。资料室其实很好，革命风暴没那么凶猛，他很快就成了逍遥派，骑着自行车买菜，或者坐在堆满英文书的卧室望窗外灰色天空。

风声很紧，大人交往，要在深更半夜，穿过楼顶平台，蹑手蹑脚，轻轻敲门。日子漫长，在某个冬夜，开始在厨房用毛毯盖住餐桌，两家静静地做方城之乐，我就这样在七岁上学会了打麻将。胡其安叔叔的夫人刘阿姨，当时不过三十多岁，本是爱美爱打扮的上海摩登女性，却湮没在蓝制服的海洋里，时刻夹起尾巴做人。有一晚她忍不住，从箱底翻出西服裙穿上，来我家打牌，引起一片压低的惊呼。这件小事是童年最早关于女性美的启蒙记忆，如果我记得不错，应该是第一次见到穿裙子的女性。其实母亲年轻时出身官宦世家，一直在教会学校读书，接受的是美式英语教育，穿着虽然保守却很讲究，但从我记事起，却是春秋冬三季都穿同一件外衣，长裤布鞋。虽然洗得很旧，但干干净净，人也很精神挺拔，保持着一种气度。大概因为所受教育，母亲自然喜欢结交比较洋派的人物，因此和胡其安先生暨夫人过从颇密。

长大以后，我意识到自己其实从小就是外貌控，胡其安先生南人北相，浓眉大眼，仪表堂堂，刘阿姨更是上海美人，即使在一片蓝制服的海洋里也很出众。他们的两位公子儿时都长得像卷毛洋娃娃，是大院里最引人注目的孩子。长子克立大我两岁，次子乔立小我三月。我从小学一年级辍学，父母朋友的孩子大多数比我年长，所以他们兄弟是我少年时唯一的同龄朋友。由于年龄相仿，我和他们，尤其是乔立，在大院里一起玩的时间不比跟在哥哥屁股后面的时候少。我小时候因为从小营养不良缺钙，奇笨无比，院里小孩很多不带我玩，克立、乔立兄弟却一直待我很好。我不会跑步，根基不稳，玩官兵捉贼、攻城都没戏，手笨玩弹球、烟盒屡战屡败，也就能捉迷藏。大院里有一个半地下菜窖是用来放冬储白菜的，有一次我在里面藏了很久，虽然没有被逮着，沤馊的味道使我上来后天旋地转一头倒在地上，仰望着蓝蓝的天空半天爬不起来。

有一阵子大院里的孩子流行学小提琴，乔立也开始学。我也想跟着起哄，在家里脖子夹着琴，折腾半天最后只证明左右手不协调，连个声都拉不出来。好在那一段时间二哥正在拉小提琴，开头的两个月让全家人都能够流利背诵"呕哑嘲哳难为听"这句诗，于是我很快就死了这条心。乔立学了两年，竟然拉得有腔有调，让我羡慕不已。据说当时院里孩子小提琴拉得最好的，是曾任人民大学副校长的孙泱的儿子。孙泱是孙维世的弟弟，"文革"开始后不久，就和姐姐一样被迫害致死，留下一对儿女在东城区流浪。我见过几次孙泱的儿子，翩翩少年，面白唇红，像女孩子那样秀气。几十年后有网友告诉我，他如今是一个初老之年的黑胖壮汉。唉，岁月是把杀猪刀。

我最早写的旧体诗有相当一部分是送给他们兄弟的，现在还在手边的这一首，写于一九七五年一月四日克立十八岁从军时：

赠 别

君行向南去，茫茫东海边。
明日不相见，千里隔关山。

此刻一为别，惟有祝平安。

远去多珍重，莫畏行路难。

东海浪千丈，愿君勇向前。

岁月奔流疾，春秋去不还。

几番风雪后，握手共言欢。

    他们兄弟二人少年时都是大院里的帅哥，个性却截然不同。老大懂事守礼、品学兼优，老二不服管束、聪明调皮。乔立有一段时间让父母老师头大不已，如今想来，其实只是青春期反叛，然而当时谁都没有那样的概念。我因闷在家里读书、买菜、做饭，被认为是懂事的好孩子，所以刘阿姨偶尔会来电话说："大兴，我让乔立去找你，你多帮助帮助他。"我对大人的话从来是满口答应下来，实际上是一个人在家很寂寞，巴不得有朋友来玩。乔立来找我，我当然绝口不谈什么帮助的事，多半会拉他出门散步。两个十四五岁的少年轧马路、逛公园三四个小时，买两根冰棍或者喝一瓶汽水，少不了还要抽几支烟。刘阿姨貌似没有发现我们在一起抽烟的事，所以一直鼓励乔立来找我。我回到家倒是会向母亲老实交代，她一笑置之。前几天的一个夜晚，我在小区遛狗，看见两个少年坐在小区门亭里金黄色的灯光下聊天抽烟，一幅很青春美好的图景，而我已经全然想不起来四十年前我们聊了些什么，怎么会有那么多说不完的话。

三

    那些闲散时光的记忆，曾经被称为"阳光灿烂的日子"，虽然那绝对不是一个阳光灿烂的时代，毋宁说恰恰相反，只是当人们老去，无论哪一个时代的豆蔻年华都会变得美好。后来我们各自忙着上学、高考，克立复员回来后，没见过几次。一九八〇年他们兄弟和我都上了大学，不久我就出国留学，去国之后，已经三十多年不曾相见。六年前乔立通过我的博客找到我，电话长谈，感慨不已。然而到现在我还未与他们重逢，有时我会微微激动地回想往事，思念旧友，但我并不是很确定，是否昨天应该永远年轻，定格在回忆中；是否相见不如怀念。

"文革"过后，胡其安先生终于能够做些事情了。不过一开始他在外交部还是没有得到重用，只是与先父合作为史沫特莱所著朱德传记《伟大的道路》做注，后来又翻译了一本《外交手册》，如今谷歌他的名字，多半是伴随着这两本译作出现。到了八十年代中期，他的国际法专长才终于被认可，总算用上专业，但已经是花甲之年。外放一任大使后，他因年龄退休，挂了一个外交部法律顾问之职。八十年代最后一个秋天，胡其安先生赴美讲学，辗转定居旧金山湾区。一九九五年家母来美探亲，我才知道他和夫人也在美国，而两位公子定居欧洲。此后的若干年里，我偶尔会和胡其安叔叔通电话，每次一聊天就是一两个小时。他已不再是我记忆里热情爽朗的中年人，声音里多了几分苍凉，见解深刻，犀利了许多。他曾经是一个年轻简单的理想主义者，"文革"中很多事情看不明白，要来和我父母商量。而今他寄来的照片，是一位白发苍苍的七十老翁，唯一不变的是电话里传来一颗慷慨激昂的愤世之心。我劝他写回忆录，他却说一生失去的时光太多，做的事情微不足道。他们那一代知识分子，多以家国为价值标准，把自己看得很轻。然而历史终究是个人的历史，是一个个或苦难或平淡，或绚丽或蹉跎的故事，而不是价值判断、数据或标签书写了动荡艰难的时代。

那几年我时不时回国出差，行走在灯红酒绿的江南夜晚，因为时差凌晨醒来，在空旷的酒店里转悠，况味着中年的忙碌与迷茫。我一直想去看望二老，可是一忙就想过一段再说吧。后来生活中有不少变故，许多想做的事情都没有做，十几年就过去了。不知不觉之间，童年记忆出现的频度与年龄的增长成正比。曾经在某个夜晚醒来，走出一九六七年，看见月光如水，我忽然明白，自己内心深处对时间的残忍充满恐惧，很难说清究竟是因为唯美选择逃避，还是因为逃避而以唯美作为借口。无论怎样，我时常会默默希望，当闭上眼睛回想曾经相遇的人们时，眼前出现的是那些美好的季节。

二老子女不在身边，廿余年远托异国，也许并不容易。在得知胡其安先生仙逝的当天夜里，草得一联如下：

敬挽胡其安世叔

少年负笈英伦，最称俊彦；

复旦执教，红楼闲散，稼轩壮志半蹉跎。

一瓢往事，付太平洋水西流去。

晚岁远客北美，尤见风骨；

三藩种菊，故园眺望，伯夷高节长坚守。

两代交情，伴芝加哥雪梦归来。

末代王孙无人识

一

　　几个月以前回北京时，朋友带我去国贸大厦八十层楼上的酒吧。倚窗而坐，望着下面的万家灯火，三十多年过去，这个闭关自守的古城已经华丽转身为灯红酒绿的京都。我顺手一指，告诉朋友，那就是我小时候的家。永安南里在离国贸大厦不过两三公里的地方，我住的那栋楼，从在九十年代曾经非常著名的赛特大厦往南走几分钟就到，如今是寸土寸金的商业区。这几幢建于一九六四年、矗立了半个世纪的旧楼，红砖褪色，灰头土脸，与周边很不协调。四十五年前我搬来这里的时候，赛特大厦所在的地方，是头道沟和二道沟的入口。两条狭窄的胡同，两边是杂色砖或者土坯盖的房屋，胡同中间明晃晃的一道混沌阴沟，天气稍一热，就泛出刺鼻的味道。二十世纪六七十年代，这里是城乡接壤部，和如今一样居住各色人等，当时统称城市贫民。永安南里一号楼到六号楼是简易楼，北京市第五建筑公司工人宿舍，所谓简易楼，应该是除了上下水没有煤气也没有暖气的意思吧。建筑工人豪爽粗鲁，他们的子弟打起架来不要命。蔚为奇观的是两位女将隔空对骂，声入云霄，叫到激动时还会冲下楼厮打在一起。七号楼到十号楼是简称为"学部"的中国科学院哲学社会科学部宿舍，"文革"前后俞平伯、冯至、吕叔湘、李慎之等众多知名人士都住过那里。这几幢当时盖了还不久的钢筋水泥楼房，镶砖看上去很靓，每幢楼之间有街心花园，尤其是七号楼、八号楼，不仅各种设施很全，而且是很高级的水磨石地板，每户都是一百多平方米。住在那里很快就感到阶层或阶级的差异、彼此之间的敌意与鄙视。人缺什么想什么，均贫富的诉求源远流长，其实是因为等级社会一直根深蒂固。我也是缺什么想什么，为自己头重脚轻、一推就倒，和谁打架都打不过十分恼火。而且我对于同一个大院的孩子们也很失望：这些"学部子弟"虽然人数众多，有时候自己内部也互掐，但是和建筑工人子弟打架，基本上一触即溃。这多少让我提早对于"内战内行、外战外行"以及中国知识分子的软弱性有一些感性的体会。我在同龄儿童里白皙个高，被称为"富强粉面包"，由此可以想见不中用的程度。我也只好识时务者为俊杰，惹不起躲得起，绕道而行了好几年，也许长大以后的逃避倾向就是这么养成的吧。

七十年代初是一个逃避的年代。"文革"的激烈运动，随着林彪事件告一段落。不久以后，被以"五七"干校名义下放的各个部委院校纷纷回到北京。利剑仍然高悬，但是日常生活至少部分恢复了正常。学部大院的人们开始小心翼翼地过日子：老一辈人如俞平伯先生，关起门来唱昆曲；青年知识分子大多失去了革命激情，转向生孩子洗尿布。我们就在此时结识了陈绂先生。和以前文章里说过的张老一样，他也是张遵骝先生介绍认识的，缘由也是求医。张先生告诉母亲，陈绂先生就住在九号楼，是外国文学研究所的副研究员。他从小多病，因而自学岐黄，久而久之，就经常给自己和朋友处方了。我还清楚地记得，张先生轻声告诉母亲陈绂先生是陈宝琛之孙时的谨慎郑重。看母亲也郑重地点了点头，我就明白陈宝琛想必是个大人物，虽然当时我根本不知道他是谁。后来我才知道，陈宝琛是清朝末年著名诗人、"同光体"的领军人物、末代皇帝宣统的老师。因为陈绂先生这一层关系，我读了陈宝琛的部分作品。同光一派本就推崇宋诗，陈宝琛家国忧患意识忒强，风格尤其沉郁。但我喜欢的，却是《落花诗八首》，那其实不是他的代表作，反倒是由于写得流畅，脍炙人口。我最喜欢第五首：

生灭原知色是空，可堪倾国付东风。

唤醒绮梦憎啼鸟，胃入晴丝奈网虫。

雨里罗衾寒不耐，春阑金缕曲初终。

返魂香岂人间有，欲奏通明问碧翁。

自从宋朝门阀制度消亡，科举制取而代之以后，中国实际上已经没有世袭贵族，所谓世家，无非是书香门第、官宦人家。陈宝琛就是出生在福建这样一个望族，他的祖父曾任尚书，父亲是著名的藏书家，兄弟六人，全部中举，出了三个进士。他十三岁就考上举人，二十一岁中进士，青年时已是名动京城的才子、清流中坚人物。虽然曾经被贬谪二十多年，但是其间热衷办学，造福乡梓。如今福建师范大学的前身就是他创立的。出生在一八四八年的他又在同代人里特别高寿，足足活了八十七岁。民国时为清朝守节二十四年，晚年又反对溥仪去"满洲国"，身后颇具令名。他这一代人丁兴旺，是家族鼎盛时期。从生年上看，陈绦先生应该是他的幼孙，算来已经是这一福建高门的第五代了。

二

初见陈绦先生的印象很深刻，他当时应该是四十五六岁的样子，正是男人风华成熟时。身材颀长、相貌清朗，分头梳得十分整齐，铁灰色中式对襟外衣扣子一直扣到最上面一个。他举止非常从容，不慌不忙地坐下，抻一下外衣、捋一下头发，坐得很端正，然后不徐不疾地开始侃侃而谈。与张先生的书生意气、富于激情、多有褒贬、语调时常变化的风格迥异，陈绦先生说话声音不高，吐字清楚，语气平和。他是一个会讲故事的人，善于把一个事情描述得很生动、很详细，而又说得不动声色，云淡风轻。问好母亲可以抽烟后，他会掏出一盒精装"大前门"点上一支。他修长的手指舒展得笔直,留着洗得很干净的指甲,夹着一支烟,微微晃动,姿势优雅得令人难忘。从第一次来开始,陈绂先生就是这样飘然而来,滔滔不绝两小时后,飘然而去。他走后,母亲偶尔会微笑着感叹一句:"真是旧时代风度翩翩的公子啊!"

虽然老、中、青都有些泄气了,但是运动还是一个接着一个,大会小会不断。陈绂先生不知道为什么却很少去单位,貌似是和张先生一样,被允许长期休病假。张先生满面病容,哮喘发作时轰鸣骇人;陈绂先生却调养得面色红润,精气神十足,经常骑着一辆旧自行车四处云游。那几年母亲身体很不好,一生病就需卧床,我就去陈绂先生家请他过来看病,有一多半时间他不在家,问家里人去哪里了,总是只在此城中,云深不知处。私下里,我们都为陈绂先生能泡病假偷着乐,那时候谁能装病没有什么不光彩,能够逃避政治运动可是个难得的本事。直到二十年以后,听说陈绂先生老病浸染,才明白他可能真的一直身体并不好。可是我记忆里的陈绂先生,是健康快乐、玉树临风的样子。和我们认识没有多久,他就从医生变成了家里的朋友。张先生的关注全在线装书和时局,陈绂先生却是琴棋书画无所不能,对政界风云不怎么操心。他先是成为我家秘密麻将活动的主力,后来还会有时提着二胡,来拉一段唱几句,然后聊天喝茶。

时尚这一种东西,三十年河东,三十年河西,比如走路跑步这几年又流行起来,带动着相关产品畅销,花样百出。陈绂先生堪称那些在微信上晒五公里、十公里暴走朋友的先驱。所不同者,他衣着端正,于秋冬常围一围脖儿,穿布鞋,完全是"五四"时读书人风度,每到一处把旧自行车锁好,然后翩翩然散步去也。所以他虽闲着,却大半不在家。倒并非潜移默化,可能更多因为我不会骑自行车,只好走路,我时常仿效陈绂先生到处游逛。在革命年代里,北京的公园景点极少游人。有一年冬天在天坛,整个公园仿佛就我一个人,穿行在落叶散尽的高高林木间,放声歌唱。一种孤独空旷的舒畅,从此伴随我行行复行行。人到中年后，我逐渐明白陈绂先生何以喜欢独自出门。在运动频仍、人人自危的高压年代，家庭出身不好、有这样那样的问题，或者被认为犯了错误的人们，平常都噤若寒蝉，彼此充满戒心，各自在沉默中忍受着漫长岁月。可以想象对于陈绂先生这样健谈之人，终日需三思而后言是一件多么痛苦的事情。如今想来，他可能已经习惯掩藏起自己，所以才游荡在城市和山水之间。家母是个有亲和力并且擅于倾听的人，我从小习惯见到形形色色的人们到我家里，关紧门窗，打开内心。陈绂先生也时常来和母亲聊天，但总是神采飞扬，说的也都是风月或八卦一类，他不谈政治，也很少谈自己，以至于近四十年后，我对他的平生经历已经记忆模糊。印象里，陈绂先生毕业于辅仁大学外文系，似乎还参加过朝鲜战争，大约年轻时有一个时期还是很"要求进步"的。不过他对于过去更多语焉不详，而母亲也绝不多问。那时候母亲自己也很少提起她家里的人，更不会告诉孩子祖上谁当过大官、亲戚谁去了台湾这些当时讳莫如深的事情。很小的时候，母亲就教诲我不要打听或者传播别人的事情，也不要把自家事情轻易告诉别人。这种在说话上的谨慎，往往不知不觉成为下意识的一部分，贯穿了他们那一代人的一生。

三

出于学史之人的一种习惯吧，虽然写的是并非事事可靠的回忆，我还是会尽量搜集些史料，至少年代要大致厘清。七十年代麻将仍然属于腐朽堕落的资产阶级生活方式，但是取缔得已经不那么严厉，我们敢于白昼在家里开牌桌了。我在七岁时学会打麻将，但是技艺真正提高还是在和陈绂先生一起打的这几年。陈绂先生不只牌打得好，如果再有一杯酒、一盘花生米，就更是双颊微赤，谈笑风生。打得频繁的应该是一九七三、一九七四两年，在一九七五年的日记里很少打麻将的记录，到了风云变幻的一九七六年，大人们恐怕都没有心情打麻将了。十月六日"四人帮"被逮捕，一个时代结束了。第二年百废俱兴，高考恢复，社科院宿舍的大人们忙着写书，小孩子忙着读书，再也没有人有闲工夫打麻将。母亲的身体也渐渐好起来，不再去找陈绂先生开方子。随着生活变得忙碌，两家的走动就越来越少了。

上一代民国时受教育的知识分子，有一些很有趣的习惯。比如说他们即使住得很近，偶尔也会互相写信，有时是路过留下便笺，有时是正儿八经贴上邮票寄信。记忆里也收到过陈绂先生的信，字如其人，瘦削俊秀，飘逸中又写得用心工整。他的信不长，文字也很清淡，很久以后我才明白，健谈的人往往并不怎么喜欢写字，反之下笔汪洋恣肆的人往往木讷于言。如今我遍寻不见陈绂先生的文字，连他当年从事哪一方面的研究都不得而知。

陈绂先生的夫人姓施，我称她施阿姨，至今不知其名。施阿姨彬彬有礼、教养良好，一望而知是大家闺秀。她性格安静，话语很少，和陈绂先生恰成对照。他们有两位公子，取夫人的姓氏，中间加一个"伯"与"仲"字。他们虽然平素很温和，但是在家教子颇严，所以两位公子在大院里是乱世里少见的有礼数好孩子，尤其是长公子，少年时面如傅粉，文质彬彬，与革命年代不甚协调。我不知道施阿姨的家世，母亲似乎也不大清楚，一直到为写这篇文章搜集资讯，才发现施家原来是马来西亚著名华侨。之所以能够找到这些信息，是由于著名作家汪曾祺先生原来是施家大女婿，如今已经成为后辈文学青年仰止的人物，而二女婿陈绂先生只在一处被偶然提起。

两位公子分别在一九七七年和一九七八年考上大学。次子若干年后没了音讯，可能是出国了吧？大院里很多孩子包括我自己就是这样从北京消失的。长子成为一名官员，从照片上看酷似乃父，只是更加壮硕一些，多几分威严，少一份书香。最后一次见到陈绂先生已经记不清是什么时候，也许是八十年代末，也许仅仅是在梦中。好像是一个灰色的下午在日坛南路上，陈绂先生头发斑白，腰板也不似当年那样挺拔。我从小是对颜值、对岁月的痕迹相当敏感的人，不禁有些感慨，但也就过去了。

如今回首，才发现虽然陈绂先生是我少年时难忘的人之一，其实我对他的内心世界一无所知，也从未走近他的生活。也许他不仅仅出于谨慎与恐惧，也出于自尊与独善，对他人筑起了一道潇洒的高墙。于是他的形象在我心中也渐渐模糊，让我想起二十多岁时故作深沉写下的一句话："岁月只是一个人们彼此成为过客的过程。"

无论在网上还是在北京的故居，我都找不到一张陈绂先生的照片，那末代王孙的倜傥就只能留在记忆里了。

曾记纷飞冰雪时

一

十九年前，有一次在 Party 上见到一位老兄，和我年龄相仿，善饮健谈，一见如故。聊天之间知道他来自长春白求恩医科大学（现已并入吉林大学），便问了一句："我曾经拜访过你们那里一位教英语的陈老师，不知你知道不？"他立马说："岂止知道，她是我的英语启蒙老师呀！"随即神色黯然地说："可惜几年前就过世了。"Party 上人来人往，杯觥交错，我和他初次见面，也就没有再谈一位共同认识的逝者。倒也未必是因为这样的话题令人沉重，只是在温暖夏夜草坪上，一瞬间陈老师的音容忽然宛在，让我不想再问他。

一九八一年我去长春学习日语，瘦得像一支竹竿顶着一个大西瓜，能吃得像一个无底洞饭桶，曾经一顿吃了一斤二两米饭。那还是粮票的年代，当地人一个月只有两斤米票，我们这些准留学生有一点小特殊化待遇，一个月有七斤米吃。我虽然生长在北京，却有一个南方胃，爱吃米不喜面食，而且当地食堂的馒头又小又硬，几乎可以当石头用。我是宁可吃高粱米饭也不愿意吃石头的，但是高粱米饭吃久了，第一是扎喉咙，第二是刮油水、越吃越饿，于是一到周末就想着到哪里去打牙祭。兜里钱很少，又不好意思跟家里要，只好打蹭饭的主意。好在长辈亲友担心我第一次远行，介绍了不少当地的朋友。我从小在成人的世界里长大，向来不怵与年长者打交道，一想到可以大吃一顿就更有了动力。

我去副省长家里蹭过两顿饭，独门独户的日式小楼，宽敞的院落，秘书、勤务员一应俱全。当时北京的副总理家里也不过如此，让我见识到自古以来地方大吏何等威风。他们对我很好，可是我在官气重的地方总是不自在，一吃饱就想抹嘴溜号。我也去过好像是省军区副参谋长的家里吃过好几次，叔叔阿姨豪爽实诚，我觉得自在多了。而且在他们家大碗红烧肉加白米饭吃得超爽，与外面匮乏的城市形成鲜明对比。我们从小就明白"枪杆子里面出政权"，军队供应一直远高于地方。

我上高中时有时去见外语学院的林老师，本来是去补习英语，可是我那点英语实在不怎么样，我自己都不好意思去请教。不过林老师对我读过不少翻译文学作品似乎印象深刻，我又正是不知天高地厚的夹生年龄，能够背诵一串串书名和情节概要，于是补习变成了聊天，到后来林老师竟把我看成一个忘年交的小朋友。他当时四十多岁，虽是闽人却南人北相，颀长清瘦，深目高鼻。我少年心性不免看重颜值，而且林老师教了多年外语，说话清晰柔和，用词讲究。那一代人的书卷气，毕竟还残存在血液中。我虽然心向往之，却没有想到自己到了中年以后会长得圆壮结实，脸色黑红，时不时穿着一条旧牛仔裤，在美国郊区小镇的一栋别墅里哼着流行歌曲刷墙，双手沾满油漆。

我去林老师家里，很少遇见师母。印象里她是一位中学或小学老师，工作很忙，每次见到我，也是只打一个招呼，就把自己关到另一间房里去了。知道我要去长春，林老师说："我有个大学同学在那里，我写一封信，你临走前来取，拿着我的信去见她，有什么事情都可以请她帮忙。"我临行前去告别，林老师递给我一封至少四五张纸厚的信，停了片刻，他说："陈老师是我们同学里最优秀的。"这句话引起了我的好奇心。到长春安顿下来以后，我就去见了陈老师。她住在一栋筒子楼的最里面一间北屋，光线很暗，房间整洁。在背光里，我看见陈老师脸色苍白，身形瘦小，一望便知来自南方，穿一件八十年代初常见洗得褪色的蓝外衣，戴着袖套，看上去比林老师沧桑不少。然而她的声音年轻，语速很慢，眼睛笑眯眯的，目光安静。和我说了一会儿话后，陈老师开始读信，读了很久，抬起眼睛注视着我说："克琛很夸奖你，欢迎你以后常来。"我其实并不清楚林老师的名字，我注意到陈老师的眼眸一闪时很亮。

后来的几个月，我先是忙于学习，开始饥肠辘辘时，也没好意思去找陈老师。毕竟以"老战友的孩子""老领导的孩子"去蹭饭心里相对踏实点。转眼大学都放了暑假，我还在满头大汗地背单词。有一天陈老师忽然来看我，让我星期天去她家吃午饭。我自然高高兴兴地去了，到的时候陈老师正在放在楼道里的灶台边忙个不停。我问她需要帮什么忙，她看了我一眼说："你会做饭吗？"我告诉陈老师十岁我就自己做饭，她笑说原来你不是从小娇生惯养啊。接着她问我："你喝酒吗？"我老老实实地说喜欢喝酒，她就说那好，喝点葡萄酒吧。过一会儿陈老师变出来的竟然是四样上海小炒，清爽精致，在一九八一年的长春仿佛来自另一个世界。她开了一瓶通化葡萄酒，从酌酒的熟练，可以看出她大约常饮。两杯过后，陈老师苍白的脸色开始微红，整个人开始焕发光彩。她先问我家里的情况，然后很仔细地问了我和林老师的交往。我一五一十回答，也说了他对陈老师的评价。陈老师微微一笑说："哪像他说的那样！不过我是我们年级的'大右派'。"我并不知道陈老师被打成"右派分子"，一惊之下便问："那么您去过劳改农场吗？"陈老师又一笑说："我二十多岁的时候都是在那里过的。"我一下子说不出话，也不敢再问了。我虽然还很年轻，但是见过的"地富反坏右"不少，知道他们绝大多数都有过不堪回首的悲惨经历。当时我以为我明白了为什么陈老师是一个人，没有结婚。

在北大教过我英语的麻乔治老师，从名字就可以猜出是教会学校出身。麻老师长发中分，深度近视，围脖搭到背后，颇有"五四"一代老夫子的形象。他用的应该还是许国璋那套很无趣的教材，但是他发音很好，讲课也相当生动。从北大到长春，老师换成一位英语发音带东北口音的壮汉，我只好上课时偷看《查拉图斯特拉如是说》。读到从未结过婚、有过女朋友，和异性接触仅限于姐姐的尼采对女性的评论，一下没忍住笑出声，被老师狠狠地瞪了一眼。不过我还是在乎英语，所以拜访陈老师以后，去请教过几次，蹭没蹭饭就记不清了。读的大约是马克·吐温的短篇小说及狄更斯小说的缩写本。有了东北口音的对比，陈老师的纯正英语听来有如天籁。估计陈老师的公共英语教得也颇为无趣，于是对我这个临时的私淑弟子讲解相当用心。想起来很遗憾，我一直向往英文原著的精读课，后来却从不曾有机会。唯一逐字逐句精读的，是在日本和导师以日语研磨了两年《资本论》第一卷。

陈老师的家不到二十平方米，一桌一几，一柜一书架一床，干净整齐，舒舒服服的感觉，不似林老师那间凌乱的房间，地上都堆着一摞一摞的书。林老师有神采飞扬的一面，兴起时会滔滔不绝。陈老师话不多，慢条斯理，一边认真想一边说。有一次，我说起"文革"中同事、师生、朋友乃至亲人之间互相揭发构陷的现象，言下颇为不齿。陈老师很平静地说："你还年轻，太偏激了。很多时候人们为了自保不能不那么做，是可以理解也没有什么不可原谅的。"她停了一下又说："我被打成'右派'后，私下里要求几个跟我要好的同学积极揭发批判我，他们幸亏这样做了才没成'右派'。"我脱口而出问道："林老师也揭发批判您了吗？"陈老师说："当然了，克琛那个时候和我最谈得来，不狠狠批我，不深刻检讨根本过不了关。"

冬天来了，宿舍暖气很差，晚上温度只有摄氏两三度。我年轻时很容易失眠，而且还有一毛病，须脱得只穿裤衩背心才睡得着觉，每天钻进冰窖般的被窝都簌簌发抖。招架不住的时候，我只好晚上徒步走五里路去吉林大学的朋友家借宿，在寒夜里，有慢性鼻炎经常流鼻涕的我，第一次领教鼻涕真会冻成冰柱。后来借宿成了新常态，住进朋友家，时不时还能就着花生米半夜小酌。

结业考试前的星期日，零下十度的天气，朋友煮了热腾腾的酸菜白肉，饮着六十五度的高粱酒。忽然有人敲门，打开门一看原来是陈老师。她说："你要走了，我来给你道个别，也托你带件东西。"我看她冻得脸通红就问："陈老师您要不要也喝一杯？"陈老师点头，接过来一饮而尽，然后说："这酒不错，喝了真暖和，再来一杯吧。"酒毕，她拿出一个小包裹，包裹外面贴着一封信，对我说："把这个亲手交给克琛。"天色已暮，陈老师坐了一会儿就走了。我送她到吉大校门，她和我道别时，先是声音很轻地说："你替我问候他，告诉他我一切都很好。"然后她的眼睛忽然睁大，目光深邃而明亮："小伙子，以后路还长，要好好珍惜啊。"我目送陈老师走向公共汽车站，她头裹毛围巾、身穿棉大衣，臃肿的外表下，感觉身形更加瘦小。冬季灰色天空下，街道空旷寂静，两边高高的树，枯枝在半空交错，夏天的时候，应该是一条葱郁的林荫道吧？她的背影渐行渐远。

　　遵陈老师嘱咐，回到北京我就把她托带的东西送到林老师家里。林老师见到我很高兴，热情地装了一小盘当年挺贵的散装巧克力给我吃。我把包裹交到他手上，他笑呵呵地说："陈老师给我带什么好东西了？"随即剪开封得严严实实的布包，却见里面是两支巨参，形状有点像婴儿，乍一看竟有点凛然。林老师一愣，自言自语道："这份礼物可是太贵重了一点。"他小心翼翼地把东西重新包好，把信拆下来放在一边，开始和我聊天，问我在长春学习的情况，自然也问了和陈老师见面的经过。最后他忽然问我："你没见到陈老师的爱人和孩子？"我一惊，回答说："我看见陈老师是单身一个人呀。"这次轮到林老师大惊失色："你是说陈老师是一个人？"我说："是啊，陈老师亲口对我讲她没有结婚，是自己一个人的。"林老师没说话，深深地看了我一会儿，叹了口气才说："陈老师告诉过我，她已经结婚快二十年，女儿也快该考大学了。"又停顿了一下，他的眼神开始有些迷茫："她什么都没有对我说，没有告诉我究竟发生过什么。这些年她过得怎么样，我其实一点都不知道。"向来健谈的林老师忽然沉默，我更不知道该说什么，只有起身告别，他没有留我，只是双手紧紧握住我的手，握了好一会儿。

　　在那个冬天，我自然也预料不到从此远去故国。转瞬间三十多年，许多人不曾相见，也许今生不会再见。今年二月的一个夜晚，我不经意间谷歌了一下林老师的名字，居然找到了他的博客，里面有近照，满头白发，面容祥和的老教授模样。从博客的链接，我又找到他大学校友会网里的班级网页，那里面有一张照片，照片上只有两个人，左边是年轻潇洒的林老师，右边的陈老师明眸闪光。冬夜的美国中西部平原和当年长春一样冰天雪地，我抬头看窗外，又在下雪，小路上连足迹都没有，忽然想起那首歌："多少年以后，往事随云走。那纷飞的冰雪，容不下那温柔……"

我关上了那个网页界面，阖上电脑。夜已经很深了。

七号大院的《流浪者之歌》

一

几年前我和朋友做网站的时候，聚集了山南海北的一大圈网友，每次回国，不免会聚几次，多半是聚餐，狂聊三个小时左右结束。有一次聚餐恰好离我的住处很近，我就约大家到我那里坐坐。有一半的人告辞了，余下的六七个就很热烈地说着话，走在温暖熙攘的街上。虽然在论坛上用真名或者披着一件马甲彼此说过许多，在生活中大多数人彼此并不熟识。我固然远来是客，却总是聚会的由头，那天晚上我更是要尽一点地主之谊，招呼着每一个人。平常潜水的我，网友聚会时因此会恢复一些年轻时代的话痨习惯。大抵在虚拟世界能够滔滔不绝畅所欲言的人，在现实中多是内向沉默的，需要有人先营造氛围才能呈现真面目。通过网络相识的朋友，往往在兴趣与话题上有着更多的一致，聚在一起一旦聊起来，时间就会拖得很长。与平常不同的是，那天晚上我隐隐约约觉得有一双眼睛在注视着我。

我和亦真是第一次见面。她是一个安静柔和、玲珑袖珍的八〇后女孩，个子不高，穿着朴素，在一群人里并不起眼，但五官清楚精致，让人觉得舒服，抬起眼睛看人的时候还有一丝好像受了惊吓的表情。我觉得她看上去有些熟悉，想必是在论坛上来往了相当一段时间的缘故吧？她在那里很活泼，是一个很有自己想法，也很能讲的文艺女青年，对诗词、音乐、电影都很熟悉，据说还能拉一手很好的小提琴。我曾经邀请她担任诗词版版主，但是她坚决不答应。其实她不仅能写诗词，而且读过许多明清几乎被遗忘的作品。有一次我提到王次回，一位直到民国初年还曾经很流行如今很少有人知道的诗人，被比附为中国的波德莱尔，亦真立马贴出了他的《浣溪沙》："一寸心期百尺楼，明河界作两边秋，银屏掩过月初收。鬓态易迷花影乱，衣香暗接水光悠，帘垂背面也堪愁。"聚会时她是说话最少的一个，我走过去夸奖她《小令》写得很好，她的脸一下子唰地红了。我问她大学是不是中文系出身，她说："李老师，不好意思，我学的是经济，现在没有人去读中文系了。"我又随便和她聊了几句，她告诉我在芝加哥读过两年书，拿了一个工商管理硕士（MBA）就海龟了，现在在波士顿咨询公司做事。我说那可是非常著名的公司，应该不容易进去的。她说："唉，我们这一代人就是这样实际，不像你们八十年代那拨人忒理想主义。"我说其实蛮不是那么回事，每个时代的绝大多数人都自愿或者自觉不得已地活得很实际。午夜散场时，亦真忽然告诉我，她的父亲也是七号大院的。

七号大院是一九四九年以后北京城里围建的诸多大院之一，里面既有前清时的府邸，也有民国时的官厅，五六十年代不免又增添了一些仿苏式不土不洋的楼房。大院里的住户也是前清遗老、留用职员、知识分子、革命干部、勤杂人员等三教九流。我问她的父亲是哪一位，她说了一个我从没有听到过的名字；我又问她父亲是哪年生人，知道比我大几岁后，就觉得释然了：大院里有那么多孩子，不同年龄段的彼此不认识很正常。

过了一个星期回到芝加哥，继续我下班后淘黑胶、听音乐、洗唱片的夜晚。听着迈克尔·拉宾演奏的《流浪者之歌》，我眼前忽然一亮，想明白她像谁了。放下手中的黑胶，我给亦真发了个短信："令尊是不是随母姓？"

二

老人们常说七号大院风水不好，院子里常死人，而且经常是自杀。一进门那栋哥特式大楼，虽然巍峨，却是古旧阴森。小时候听大孩子讲福尔摩斯故事《巴斯克维尔的猎犬》，就是在这栋楼的回廊里。某一个晚上，一盏灯都没有，一群小孩子听他讲得毛骨悚然的时候，忽然一道灼眼的亮光，照着伸出来的舌头白晃晃，小孩子们大叫四散而逃。我腿脚不灵光，跑起来最慢，下台阶时还摔了一跤，倒摔明白了：不就是讲故事的大孩子在吓唬人吗！

在回廊的尽头，据说五十年代初有人在那里上吊。近二十年过去，夜里从那儿走过，还会有一个穿着白衣的女鬼出现。虽然居委会主任大妈在开会时专门辟过谣，说那都是瞎掰，是迷信，可是晚上如果捉迷藏走到那附近，还是忍不住有点哆嗦。不可思议的是，这栋楼尽管早就成了筒子楼，住着杂七杂八人等，靠尽头四五间屋子却一直没有人住，好像是资料室、储藏室一类地方。大约是在一九六九年初，天气还很冷的时候，最把头的一间屋子忽然亮灯了，不久就听说是一对姐弟住了进去。母亲告诉我：莹莹和小弟是一对失去了父母的姐弟，他们的父亲张教授是从美国回来的，自然被打成了"特务"，在两年前和妻子一起自杀了。

我第一次遇见他们是在大门口，揣着网兜去买菜的路上，顿时眼睛一亮。姐姐穿一件很旧、已经洗得发黄的军上衣，扎了一条腰带，戴了一顶帽子，头微微扬起，乍看像个女民兵。弟弟跟在后面，比姐姐矮，出奇瘦小的身材和脑袋不大成比例。给人印象深刻的是，他的一张脸眉眼如此秀气，面白唇红，还是一头微黄的卷毛，如果不是已经知道他是个男孩子，真会觉得遇见了一个漂亮姑娘。姐姐发现我在盯着他们看，就瞟了我一眼，那眼神有点厉害、有点满不在乎。不过她一看我比他弟弟还小，而且一望而知不中用无害的样子，就把眼睛飘了过去，倒是他弟弟也盯着我看了一会儿。

"自绝于人民"者的后代，多少类似于麻风病人。他们很自觉地不和别人主动说话来往，反而引起人们的好奇心。关于莹莹的故事在流传，据说大院里几个有名的"坏孩子"有一天把她劫下来，要和她交个朋友。莹莹的反应是一抬手，谁都没看清楚是怎么回事，就把领头的叫"刚虎"的撂倒在地上。具体情节自然是越传越邪乎，但结果是显而易见的：虎背熊腰的刚虎如今带着他的几个小弟兄跟在莹莹后面，清一水地骑着闪亮的永久牌或飞鸽牌自行车，在大院里穿梭而过，然后就冲到大街上去了。

七号大院里有几百个孩子，足够形成一阵子一阵子的流行。那年流行的是小提琴，几乎走过每个单元，都能听见某层楼里传出呕哑嘲哳的琴声。那是一个每天早晨六点钟广播站高音喇叭震耳欲聋的时代，所以没有什么其他声音会让人觉得难听。除此以外，对于孩子来说，那倒也是一个自由自在的时代，尤其像我这样从小辍学在家的。大人自顾不暇，我经常连个招呼都不打，就溜出去一天，天黑后才回家。在一个黄昏，可能是仅仅出于无聊，就在院子里转悠，走到了回廊尽头，听见了非常好听的小提琴声，也不知道为什么，但我就是站住走不动路了。

那时北京的春天虽然偶有风沙，大多数时候还是晴空万里，空气清新。说暖就暖，一下子就到了穿单衣的日子。我的好朋友告诉我，院里的孩子们约好在后花园比小提琴，我记不清他用的是不是"茬琴"这两个字，但是要较量一下的意思是很明确的。我的朋友也是学得很卖力的一个，还专门要他爸爸去找了一个据说在中央乐团拉小提琴的老师。那天晚上后花园里来了上百个孩子，在我的记忆里是空前绝后的。大院里的领袖人物，是一个已经在工厂里当工人的老初中生。他站在后花园久已荒芜的花坛上，两手揣在口袋里，嘴里叼一根烟，很有风度地甩一下头发，然后讲了几句话，大意是说大家是通过小提琴会会朋友，交流交流，不是比高低，友谊更重要等等。新月升起的时候，一阵接一阵的琴声飘在后花园中，真是一个难忘而美好的夜晚。尤其难忘的是，小弟背着小提琴，低着头有些畏畏缩缩地走上花坛，可是他一拉琴，就像变了一个人一样，舒展自在，浑然忘情。他演奏的乐曲其实我已经在窗外听过好几遍，但不曾这样真切动人，回肠荡气。曲毕，停顿了几秒，在花园里的孩子们都情不自禁地开始鼓掌，而小弟又回到了原来拘谨局促的模样。

三

亦真有时会问我七号大院的事情，我问她为什么不问爸爸？她说问过，但是她父亲告诉她记不得了，什么都不说。我听了也只好说离开四十年其实好多事情记不清也很正常。

我问："你大姑怎么样了？"

她说："我大姑在美国呀，有三十年了吧。不过我只见过她两次，都是我在美国念书的时候，她从来没有回来过。"

"你大姑住在什么地方啊？"

"她在威斯康辛州的一个小镇上。她过得怎么样，在做什么，其实我也不是很清楚，只知道她嫁了一个老美，成了一个非常虔诚的教徒，好像在做社会工作者。她跟爸爸来往也不多。"

威斯康辛州离我不远，我就向亦真要了她大姑的地址，想着什么时候路过那里时去看望一下。第二年夏天，我真的路过密德尔顿，一个离湖不远的小镇。我一时兴起，就停下车用手机上网找出了地址，然后就开到她家门口。一栋小小的两层别墅，园子剪得整整齐齐，在中西部郊区再常见不过的样子。小区树木葱郁茂密，安静无人，是那种适宜居家、适宜老去的气息。我在街上停了一会儿，看不出她家里是否有人，贸然敲门见面怀旧的兴致却渐渐淡下来，最终我驱车离去，把湖水留在身后。

又过了两年，微博兴起，论坛云散。和亦真久无联系，忽然有一天收到她的短信："我和爸爸下星期去芝加哥，不知道有没有机会见到您？"

一来二去，我们最后约好在城里一起吃个饭，然后开车带他们兜兜风。这样我又一次见到亦真，得知她新婚不久，先生是咨询公司的同事，自然免不了祝贺，看上去她变化颇大，多了几分少妇的成熟与职业女性的干练。她的父亲王子梵，秃顶，一身黑衣裁剪贴身，品牌时尚，沉默寡言，目光坚定，除了身材瘦小，看不出一点当年小弟的影子。

说起小时候是一个大院的，他微微一笑，眼神变得柔和，但是很诚恳地告诉我那一段时间的事不知道为什么现在想不起来了。"我们做生意的人，和您这样的文人不同，过去的事就不想了，只考虑现在和以后的情况。"我问他莹莹为什么一直没有回去过，他看了看我说："我姐姐的性格很固执，她不肯相信国内这三十年有天翻地覆的变化，她的印象一直停留在八十年代，再也不肯往前走了。"

"她去插队，后来又去哪儿了？"

"她没有去插队，是去的黑龙江建设兵团。在那儿待了八年才回来，身体不行了，就在街道上又待了几年，后来就出国了。"

我们一面兜风，一面有一搭无一搭地聊着。

"亦真在文学方面很有才华，听说她小提琴拉得也非常好。"

王子梵很开心地笑了："是啊，她小提琴天赋很不错，她的老师很希望她考这个专业呢。"

"会不会觉得可惜呢？"

"嗯，有时候有一点吧。"

那天的芝加哥市内观光，结束在夏夜的海军码头。坐在湖边长椅上，温暖的风习习吹来，深深的湖水闪动微光，回望城市，满岸楼影灯火。

四

可能是一九七七年吧？"文革"已经结束了一段时间，调频台里开始播放古典音乐。有一天我忽然听到了小弟拉的那首曲子，浑身震颤了一下。我听到了"萨拉萨蒂"的名字,知道了在遥远的美国有一位伟大的小提琴家名叫海菲兹。听到《流浪者之歌》的时候,我就会想起小弟,想他不知道流浪到哪里去了。不过后来我自己走了不少地方,听了太多的古典音乐,从室内乐到交响乐,越来越无标题,反而很少再听《流浪者之歌》这样的作品。直到开始收集"黑胶",有一天偶然遇见这张迈克尔·拉宾的十寸盘单声道唱片。这位在三十六岁上就不明不白夭折的天才,琴声里有一种令人着魔的气质。听着听着,自己仿佛也染上了吉普赛人的心情。离开北京三十年后,回去找不到一点故乡的感觉。七号大院已不复存在,一幢幢高楼沿街而起,挡住了大部分阳光,大部分的记忆也在物换星移之间消失在阴影里。

小弟芒完琴后,似乎在大院里更加孤立了。他从来不出来和别人玩,偶尔可以看见背着小提琴盒子子独行。我有时候会在晚上到他们住的房间外面,望着里面透出的昏黄灯光,听他拉那首曲子。不知不觉中,我在回廊尽头不再觉得害怕了。我有一次鼓起勇气对小弟说:"我很喜欢听你拉琴。"他对我笑了笑,什么都没说。打那以后,我们在路上碰见,彼此都会朝对方笑笑。

"九大"闭幕,大批的知识青年开始离开北京去农村插队或者去边疆生产建设兵团,"广阔天地,大有作为"。我也曾经去火车站送哥哥,这是四点〇八分的北京,一片手的海洋翻动。有标语口号、有豪言壮志,还有忍不住的泪水、忍不住的抽泣。莹莹走了,她没有父母,只有一帮小兄弟给她送行,我能够想象她是仰着头离开的。刚虎不久也走了,去了一个相反的方向,据说在火车站哭得稀里哗啦。莹莹走后不久的一个晚上,我又到了小弟的窗下,那天小弟的琴声好像分外忧伤。

夏天,院里院外打过几次群架以后,仿佛换了一个朝代。新当上孩子头的几个,据说拳头、板砖、链子锁都更硬。一个闷热的下午,我从外面回来一进大院门,就看见路中间醒目而孤单地躺着一个被摔成两半的小提琴盒和一把已经被踩烂的小提琴。从此以后,回廊尽头的那间屋的灯光再也不曾亮起，听说他是被赶走的，也有人说他是自己走的，谁也不知道他去了哪里。时光过得很快，大院里人又很多，不多久小弟的名字就很少被人提起了。又过了一年，我自己也离开了七号大院。

我再也没有见过小弟，王子梵也没有承认他小名是小弟。

蓝色的多瑙河深又长

一

蓝色的多瑙河深又长
为保卫祖国我来过这地方
月光下没有歌声在飘荡
只有轻轻风吹拂在水波上

我看见英雄的苏联儿女
光荣的朋友年轻好战士
他们在伏尔加河边打过仗
来到多瑙河旁

姑娘们含情地目送他们
走向那遥远的胜利路上
战士的眼睛像伏尔加河水
闪闪地放光芒

现在我们又欢聚在一堂
把那亲爱的多瑙河来歌唱
我们在战斗中保卫了多瑙河的自由
保卫了这地方

　　五〇后、六〇后所谓"长在红旗下"的一代人大都难忘《多瑙河之波》的旋律。我至今能背诵这首歌的歌词，但是想不起来是从《外国民歌二百首续集》还是别处学来的。我在网上查到《外国民歌二百首续集》里的歌词，和我的记忆略有出入，但是上面这个版本更押韵好听。《多瑙河之波》原本是十九世纪罗马尼亚作曲家约瑟夫·伊万诺维奇（Iosif Ivanovici，1845—1902）谱写的一首舞曲，曾经在一八八九年巴黎万国博览会获作曲奖，脍炙人口。当时唱这个歌词觉得有些怪，心想罗马尼亚的多瑙河和苏联有什么关系呀？后来才知道，这是乔治乌时代重新填写的吹捧苏联的歌词。

　　我熟悉《多瑙河之波》的旋律，却是因为同名电影。这部摄于一九五九年的罗马尼亚电影，一九六〇年获卡罗维发利电影节大奖。游击队缺少弹药，地下党托马中尉为了搞到军火，混入囚犯队伍，被船长米哈依选中，当上运军火轮船的水手。米哈依有一个美丽的妻子安娜也在船上。托马排除了漂在河上的水雷，米哈依被托马说服投奔革命，杀死了押送军火的德国兵，把武器运送给了游击队。战斗中，米哈依不幸牺牲，临终前握着托马的手把安娜托付给他。然而革命事业高于爱情，托马雄赳赳气昂昂地上前线去了。这部电影一九六一年就曾经在中国上映，一九七一年六月齐奥塞斯库访华后，为了表示中罗友好被重新上映。当时中国银幕上的电影屈指可数：国产故事片已经五六年没有拍过新片，外国电影只有几部阿尔巴尼亚、朝鲜和越南的，《多瑙河之波》与之相比要棒出几条街去，而且别的电影都是革命啊、打仗啊，《多瑙河之波》却有一个爱情故事。不管是我这个年纪的小屁孩还是二十多岁的青年，看到米哈依抱起安娜说"我要把你丢到河里去"，然后显然是丢到床上时都瞪大了眼睛，屏住了呼吸。最让人难忘和感动的，当然是船长临死前对托马说的那句话："安娜是个好姑娘，你要好好照顾她。"在一九七二年或一九七三年，我经常听到男孩子模仿那断续深沉的声音，无论是文学青年还是小流氓都记住了这句话。

我一直觉得有些指向是天生的，比如说我从小喜欢女性美、喜欢爱情故事，对宣传则是本能地怀疑。所以电影《多瑙河之波》里的美丽的女主人公、忧伤动人的爱情清晰如昨。我对托马中尉一点也不喜欢，二十多年后看到普京的形象，气质上有些相似，更明白我为什么不喜欢他。在少年眼中，反法西斯似乎是高尚的事业，但是革命者却是无情的铁石心肠。米哈依深爱安娜，重伤后在对托马的请求里传达的爱是电影最为感人之处，可是电影却在安娜目送托马远行中结束。

八十年代初出国后，看了《卡萨布兰卡》，忽然感到《多瑙河之波》在相当程度上是一次并不怎么高明的模仿。有趣的是，《卡萨布兰卡》里最不招人喜欢的角色也是地下抵抗运动领袖拉斯洛。

二

七十年代中期，如果你想看电影，就要去看报纸某一版底部的小字，告诉你在哪家影院上映什么电影。如果我记得不错，在北京这样的电影预告一般是在《北京日报》的第四版下方。《多瑙河之波》的人气显现在上映多年以后，还会在某一家电影院偶尔重放。我辍学在家的时候，有大把的时间，几乎每天都读报纸看有什么电影可看，在一个几乎没有电影可看的年代。等到什么电影都能看的时候，我却再也没有那么多的时间。记得是一九七五年或者一九七六年夏天，在中山公园露天上映《多瑙河之波》。在一个黄昏，我约一个女孩去看电影，早早就到了中山公园门口，买好票，嘴里含一支小豆冰棍，望着街上人来人往。一直等到电影开始前一分钟，也没看见她的人影，只好自己独自去闷闷地看了一场。暖风一阵阵吹来，银幕微微抖动，安娜在甲板上穿浅色连衣裙的曼妙身姿让我无限惆怅。

我在十四岁多身高蹿到一米七二，长出一层薄髭，声音变得很低，经常唱《伏尔加船夫曲》《老人河》。我开始戴眼镜，开始抽烟，经常写长长的日记，还试着写格律诗，自己觉着已经成熟长大。我约的女孩，姑且叫她西西吧，那本是一九七九年没写完的小说里一个女孩的名字，用在这里也是真名隐去、贾雨村言的一层意思。她那年十八岁，正是鲜花盛开，刚刚考进一家文工团，是女中音独唱演员。我认识她，也是因为唱歌。那年头唱歌、学乐器、演小品考文艺团体是逃避上山下乡或者去街道工厂、去当售货员的捷径，所以日坛公园早晨有不少吊嗓子的。我的童声本来很高，能够模仿花腔女高音郭淑珍的《千年的铁树开了花》，一变声却掉到了另一个极端。不过据说我声音本钱还不错，而且天生有头腔共鸣，于是唱歌也成了我的一个梦。

七十年代的北京，一直有一些年轻人的不固定时间地点的聚会，领头的大多是所谓"老三届"，他们当时都还很年轻，唱歌是主要内容之一。我是从小跟着大孩子屁股后面一起玩的，因为总是年纪最小，长了一颗硕大的脑袋，看上去有点怪异；因为会唱歌、会打扑克、会背诵诗词，所以有时候能够混进去。应该是一次在红霞公寓的聚会上，西西来了，她那天声音有一点闷，仿佛感冒了似的，"田野小河边，红莓花儿开。有一位少年，真使我心爱……"唱得无精打采。但是她不像别的女孩子那样要推托半天，而是落落大方，请她唱就唱，唱完了微微一笑，坐下去安安静静听别人唱。在聚会上她格外引人注目，似乎不是因为歌声，而是因为她穿了一件细花布拉吉和一双黑色半高跟鞋，引起了小小的轰动，引来了一群小伙子围在她身边。那是街上看不见裙子的年代，更不用提高跟鞋，是资本主义腐朽堕落的象征物之一。不过无论怎么批判，一旦出现似乎依旧魅力无限。我自然也被吸引，目不转睛地看着她。后来西西告诉我，她就是因为我一直呆傻地看着她，才对我这个孩子有印象。她说这话时特别把重音放在"孩子"上。

在人群中西西是一个话不多的人，也并不是美丽无比。她个子很高，大约有一米七〇，或者更高一点，因为练唱歌的关系，身子挺得很直，微微前倾。她的脸很瘦削，在舞台上想必轮廓分明很出彩吧，但在生活中就显得太骨感了一些。我似乎从小就对眼睛格外敏感，让我难忘的是西西的眼睛，睫毛有些重，让她的目光显得有点朦胧，但是在唱歌中有时一闪，让我感觉到一双非常深邃清澈的眼睛，而且在瞬间整个人也忽然生动柔和起来。

当然这一切都仅仅是后来的回想与记忆，当时估计更多是少年莫名其妙的激动吧。我想必当时唱歌唱得很卖力，好像唱了《鸽子》《菩提树》，好像受到很多夸奖，自己很开心，更多因为西西和我说了挺久，有点晕乎。现在想想，她恐怕是因为不想多搭理身边那几个小伙子才和这个小孩搭讪的。不料我是个话痨，而且一嗨起来就不管不顾，让她有点目瞪口呆。也许觉得好玩吧，散场时她对我说："什么时候有空你来找我玩吧。"我从小就是把别人说的话都十分当真的人，而且曾经记性还不错，别人家的地址告诉我一遍就能记住。于是大约一个月以后，我就敲开了位于西城区辟才胡同一个小院里的一间厢房的门。

在西西的房间里坐着一个小伙子，后来我知道他叫孟昌，是"老三届"里老初三的学生。孟昌梳着整齐的分头，戴着一副棕色镜框的眼镜，镜片很厚，使得后面的眼睛显得很小。他穿着白色的确良衬衫，蓝卡叽布裤子，是当时最平常的装束，看上去干干净净。他说话声音不高，语速偏慢，却能够一直不停地说下去，不容分说、不容打断，在貌似文静的外表背后，有着很坚决的自我主张。很多年以后，我才听说他曾经是红卫兵某派的笔杆子之一。傻瓜都能看出来西西对孟昌的倾慕与崇拜，不过孟昌似乎对此不是很在意，只管自顾自地说着。西西默默听着，目不转睛地望着他，孟昌从黑格尔说到《反杜林论》，再说到《九三年》。

我和西西很快就开始了一段交往：我们每隔一两个月会见一面，她说她的，我说我的。我告诉她我在暗恋一个眼睛分得很开、有点婴儿肥的姑娘，她目光迷茫地对我说："爱情往往是在被忽视中成长。"我说你这话说得好棒，她说算了我们还是唱歌吧，然后就轻轻地唱起来："深深的海洋，你为何不平静？不平静就像我爱人，那一颗动摇的心……"

<h1 style="text-align:center">三</h1>

　　如果"四人帮"不倒台，就不会恢复高考；如果不恢复高考，我就不会去上学；如果不去上大学，我多半会去唱歌。然而生活没有如果，虽然"文革"折腾了十年，人们内心深处的观念还是"唯有读书高"，所以没有上过小学、初中的我就很自觉自愿地回学校读书去了，一读书自然没有时间到处晃荡，和西西就不常见面了。再见到她已经是一九七八年初的寒假，前一年十一月的第一次高考已经尘埃落定，西西告诉我孟昌考上了大学哲学系，她说这个消息时脸颊兴奋得微微发红。西西还在唱歌，时不时还要上山下乡、慰问边疆去演出。生活忽然呈现一片百废待兴的气象，每个人都各自忙碌起来，见面的频率一下子减少了很多。听说西西和孟昌成双入对，已经说好等孟昌大学一毕业就结婚。

　　我自己也在长大，经历了从暗恋到昙花一现，然后无疾而终。时光匆匆，我也上了大学，然后又要去留学。在外地接受外语培训后回到北京，有两个月的假期，我又开始四处游走，和往昔告别。教育部给出国留学人员发八百元置装费，八十年代初八百块可是一个大数，那时候茅台酒一瓶才八块钱。我心中畅快，就脱下臃肿不堪的棉大衣，去王府井百货大楼买了一件轻便的羽绒服，然后到马路对面红都服装店订做了一套西装。阳光明媚的下午，我怀着一份好心情去西西家，敲了好几下门没有人开，正想走时，门"吱呀"一声打开了。西西略带倦容地走出来："对不起，我在睡觉呢。"我说我是来请她去吃西餐的，她笑了说："你小子挣钱了？"我说是啊，感觉是平生第一次挣到了钱。她弯腰洗脸的时候，我注意到她丰满了不少，不再是几年前的少女。我问她："你什么时候结婚啊？"她一面擦脸，一面很随意地回了一句："不结了。"我大吃一惊："你没事吧？"她说："我挺好啊！"

擦好了脸，对我一笑，眼睛很明亮。

我们一起去"莫斯科餐厅"，吃完饭后，天色黄昏，渐渐暗去。我们围着北京展览馆散步，一起轻声唱："看晚霞映红伊洛瓦底江，这是多么美好的时光，啊海鸥飞来飞去尽情歌唱，啊海鸥自由自在多么欢畅……"西西一唱歌就开心了，展览馆门外的花园小径空旷无人，橙色的灯光亮起，照见她笑靥如花，为我定格关于她最美的回忆。人家不想说的事情，我自然不会去问。我倒是老实交代当年约她看《多瑙河之波》时，曾经"怀着激动的心情"。于是我们又说起《多瑙河之波》，我说革命为什么要让爱情死亡，船长为什么要牺牲呢？西西说这样的结局更动人，米哈依死了，他和安娜的爱情也就永远了，爱和死总是分不开的。

那时出国留学即使在北京也还很少见，国外还是一个遥远而神秘的世界，无论谣言还是信息都十分匮乏，只是在小说里和为数不多的电影上偶尔看见。几乎每一个人和我告别时，都会问："你什么时候回来？"西西也问我什么时候回来，我说我真的不知道。一阵漂泊感在心中冉冉升起，带给我一种预感、一些茫然。那晚我和她在展览馆高高的走廊里相拥而坐，说了很久话。晚上十点四十五分的西直门外大街上人影稀杳，空气清新而料峭。我们告别的时候，西西给了我一个温暖的拥抱和一个轻轻的吻。

两年后回到北京，听说她结婚了，嫁给了一个年龄相仿的青年大学老师，好像是经济系毕业的，听上去像是那个年代挺般配的婚姻之一。又过了三四年，听说她跟着丈夫出国了，这也是当时再平常不过的事情。

四

芝加哥坐落在密执安湖的西南角，芝加哥河横亘市中心。九十年代中期以来，沿河岸的市中心一带翻新重建，恢复了美丽繁华。在温暖的季节，晚上河岸两边灯火璀璨，人群熙攘。我长年住在郊区，除了听音乐会很少进城，夜色里的芝加哥河水多少带给我一种刘姥姥的梦幻。若干年前，十月的晚上，我陪一个外地来的朋友游览市中心，在河畔散步。和这位朋友也是好多年不见了，彼此说些别来的故事，我忽然想起《卡萨布兰卡》里那句著名的台词："塞纳河的水已经流过很多了。"生活中有些时刻、有些感应真的是难以解释，莫名其妙。就在我忽然想起塞纳河水之后不过二十分钟，我和朋友因为走累了，就进了一家滨河的酒吧，要了瓶啤酒坐下。从一进这家酒吧，我就觉得有人在注视着我，我左右看了一眼，除了很多人，什么也没看见。爵士乐一曲接一曲放着，从高昂的小号变成低声呜咽的萨克斯管。整个酒吧也忽然安静下来，我和朋友不再说话，看着窗外的城市夜色。

　　就在这时我的右肩被轻轻拍了一下，我回头看见一位烫着大波浪、高大壮实的中年亚裔女子。我愣住了，不知过了多久，从那双眼睛里认出了西西。久别重逢的感欣交集，给秋色迟暮的晚上带来几许春风沉醉，一时之间竟然不知道说什么好。我有朋友要陪，她也是和一群朋友在一起，第二天下午就要离开芝加哥，只能约第二天在城里吃午饭。

　　在过去的几十年里，我经历过许多次久别重逢，也就习惯了很快平静下来，甚至没有感觉。这是一年中最美的红叶时节，虽然寒冷的日子已经不远了。我们再次在河边见面，临窗而坐，河对岸的高楼之下，有几棵年轻的枫树，树叶微微摇曳之间，回忆年轻琐事，描述生活轮廓，感受着亲切、温暖和时空造成的距离。从身揣不到一百美金抵达美国、餐馆打工、人家保姆、读书、离婚、再嫁、工作、海归、创业，虽然每个人的故事都是个人的，但是同代人的故事往往是相似的，以至于过几年以后，很多情节就想不起来了。我们谈话中间，西西接过一个电话。她讲电话的时候，我静静看着她。听上去是关于业务的，她说话声音比以前更低了，有一些命令的口气。在某个瞬间，她眼睛一抬闪现亮光，让我想起遥远的七十年代，不过我也看到了以前没有见过的坚定和冷静。

　　时间过得很快，西西马上就要去机场，我开车送她。出城的高速公路经常莫名其妙堵车，我们的谈话也开始走走停停，有一搭无一搭。我忽然问了一句："你后来有孟昌的消息吗？""他已经走了几年了。"我听了一惊，没有说话。车再开不动时，我侧头看她的侧影，仿佛有一行眼泪曾经流下。

"他得了什么病？"

"听说是精神病。"

在余下的高速公路上，西西告诉我，孟昌哲学系毕业后分到一家地方高校教党史，大约在八十年代末九十年代初，出于自己的兴趣，开始研究红卫兵史，后来更往前追溯。他做的事情，申请不到经费也无助于提职称，而且易于坠入人性的深渊。但是据说他乐此不疲，其投入与专注一点不下于当年红卫兵笔杆子的狂热，直到有一天自杀未遂被送入安定医院。我也第一次知道孟昌的父亲是投诚的国民党军官，后来又被关了很多年，放出来没多久就死了。孟昌是独子，母亲在世时一直和母亲在一起，后来终身未婚。

"现在你能告诉我当初为什么你没和他结婚吗？"

"他好像对我，对女人没有兴趣。"

"难道他是同性恋？"

"不知道，也许是，也许不是，那个时候我们都不懂。"

到奥海尔机场停机楼时，太阳已经西斜，照在她的脸上，凸现出眼角的鱼尾纹。我停下车，帮她取出行李，然后拥抱告别，互道珍重。她的背影在挥手中消失，我重新开上高速公路，旁边是机场跑道，有飞机起飞，也有飞机在降落。

我一边开车，一边忽然独自唱起："现在我们又欢聚在一堂，把那亲爱的多瑙河来歌唱……"

诗的年代在远方

一

九十年代红极一时的流行诗人汪国真前两天去世，年仅五十九岁，令人叹息。我听到这一消息第一反应是：大木仓胡同三十五号的风水真的有问题！这个大院最早是明初永乐帝谋臣姚广孝的宅子，清初的郑亲王府，民国时的中国大学，如今的教育部，堪称历史悠久。姚广孝由僧入俗，先出谋划策帮燕王打下江山，后主编《永乐大典》为新帝统一思想，能武能文，自是奇人，绝非善茬。郑亲王是清朝八个"铁帽子王"之一，但历代郑亲王一多半不是短命就是被废，所以郑亲王府大则大矣，却是起起落落。院子里有一棵大树我小时候经常路过，据说有三百多年了，历尽沧桑。上个月朋友寄来照片，树依然在，而教育部大院半个世纪里好不容易出的两位名人都享年不永，王小波去世于一九九七年四月，不满四十五岁。

教育部大院是我少年最常出没的地方，一直到高考才画上句号。当年高考是七月七日到九日，炎热溽闷。考场在宣武区一三五中，每天考两门，中间有两个多小时休息时间。我考完第一门后会搭公共汽车去教育部大院胡沙先生家吃午饭，最重要的是，喝一瓶冰镇啤酒，于是每天下午我带着冰凉的清醒和淡淡的酒气回到考场。监考的何老师，是宣武区语文教研组的头头，高中最后一年开强化讲座，几次分析我的作文。他微胖和蔼，那天下午入考场向他问候时却一下脸色有变，我赶紧进门坐到自己的座位上。这是我平生唯一一次喝完酒考试，也是考得最好的一次。

教育部进驻大木仓胡同三十五号后，在西边盖了若干栋灰砖宿舍楼和办公楼，开辟了操场，东边几进院子的格局没有变，房子改装成了一间挨一间的平房宿舍。在我的记忆里全无王府气象，只是一个芜杂的大院而已。胡家是进第二重门往左西南角，王小波家则在往右东南角。我往左的时候多，往右的时候少，但是如果往右，多半会去角落里王小波独住的小屋，那里从来不叠床，散乱的被子从来是灰色的，空气中飘着北京卷烟厂散装烟的味道。王小波的弟弟晨光在北京卷烟厂当工人，经常拿些没有商标的烟回来，其实就是北京卷烟厂出的凤凰牌高级香烟，六毛钱一盒，和中华牌一个价钱，闻上去有一股巧克力的香味。我读小波小说感觉最好的时候，就是在那间屋里抽着无标凤凰读《绿毛水怪》，那天屋里还有好几个人，听小波一面侃一面发出嘎哑的笑声，天色就这样黑下去。王小波去世一年后，晨光在底特律遇抢劫被杀。

一九七六年唐山大地震后，我家曾经在教育部大院的防震棚避难。我因此认识了不少五〇后大院子弟，一起打扑克或在夜里游荡聊天，但是我从没认识也没有听人提起过汪国真。王小波那时已经开始写小说，手抄本在大院内小范围传阅。越明年，他们都开始忙着考大学，到了七十年代末八十年代初，北岛、舒婷引领着一代青年写诗，汪国真也就开始写诗。那时候绝大多数人写诗写小说是想成名的，所以有没有发表、在哪里发表是很重要的。汪国真从一开始目的就很明确，到处投稿但是也到处碰壁。当年《诗刊》编辑、如今的著名评论家唐晓渡对他全无印象。大抵他的作品浅显直白，有些小感伤但还挺积极向上；一半有席慕蓉的影子，一半用今天的话讲比较励志。好像他最早作品发表在《中国青年》《知音》《女友》等杂志，应该是比较合适的地方。在同代人的诗写成一片汪洋大海的岁月里，他一点都不起眼，但是他不屈不挠地写了十年，投了十年。直到一九九〇年，上一年的风波粉碎了大把的梦想，诗人有的流亡，有的进监狱；要么闭嘴，要么写些发表不了的黑夜与死亡。在集体洗洗睡了的氛围里，心灵需要安全的安慰，或是找乐子的调侃，或是甜美的鸡汤。王朔和汪国真适逢其会，一炮而红。当时的具体过程，随时间流逝不再重要，他们二位和后来王小波的大红大紫，更多是时势使然，也折射出那些年文化史的脉络。

二

热闹的八十年代中期，我在安静的日本仙台琢磨英国史。有一年暑假为了改进英文，听同学的建议去读维多利亚时代的黄色小说，结果英文未见长进，只留下一个印象，就是刻板的英国人连色情小说都写得远远不如中国人香艳淫秽。捎带着认识到，道德禁锢发达的年代，色情文学往往兴盛。维多利亚时代如此，明朝亦然。多少相似的情形是，意识形态紧缩时期，流行文化只要不犯忌讳，反而有更多的空间。一九八八年回京时电视里播着关于大河文明的电视剧，街上练摊的录音机放着《血染的风采》。十年后，那阵"文化热"不管是高大上也好还是假大空也好，了无踪迹，卡拉 OK 遍地开花，满城随处《心太软》。也许因为出国留学不曾亲身经历，我并无对八十年代的怀念，不会去歌颂一个"思想解放"或"理想主义"的年代，在我看来那更多是后来回忆中的幻觉。用现在更加浑不吝的语言来说，八十年代和九十年代只是档次不同而已。

回顾历史最忌讳简单判断，我对臧否人物多难苟同，连对以史为鉴也深为怀疑。人固然难免好恶，然而道德判断和所谓盖棺论定其实与史学无关。我从小黑白不甚分明，看人大半觉得不好不坏，时不时被批评缺少原则。不过，斯大林对部下对妻子的冷酷粗暴，史料俱在，但在女儿斯维特兰娜回忆录中还是有父爱的偶尔显现。至于芸芸众生的善善恶恶，怎么可能说得分明呢？以史为鉴的意思，是从历史里吸取教训，然而更多时候历史本身恰恰证明后浪比起前浪一点长进都没有。进而言之，以史为鉴的背后，多少有对历史的实用主义态度，这可能直接影响到对历史的解读与所见。虽然韦伯所言的理想类型终究不可能实现，但我以为把文史哲看作是无用的学问这种态度其实应该是起点与方向。

在新诗百年沧浪之水间，汪国真大约只是一道轻微涟漪。事实上，大多数的诗人与评论家无视他的存在，尽管他的第一部诗集《年轻的潮》据说就印了六十多万册。汪国真本人对此还是耿耿于怀的，他说："对于诗人来讲，人民说你是诗人你就是诗人，不被人民承认你就什么都不是。"有意无意之间，他把自己放在了"人民诗人"这样一个位置上。由于得不到专业人士肯定，汪国真去世后不少人为其打抱不平，比如他的同事章诒和女士。溢美逝者，是人之常情，而且汪国真似乎是一个圆融和蔼的人，各式各样的人都对他的人品有好评。不过我们似乎容易把对人品的评价与对作品的评价混为一谈，其实伟大的作家往往是性格怪异甚至有明显缺陷的，比如巴尔扎克、毛姆，据说都吝啬到变态的地步，反之所谓好人未必写得出好作品。

汪国真的诗不受主流待见倒也其来有自：早期朦胧诗，北岛以意象与批判性胜，舒婷的抒情是革命年代后向人性与爱情的回归，顾城简洁而诡异，黑夜里黑色的眼睛最终没有找到光明。来自四川的诗人如翟永明、柏桦、欧阳江河有着完全不同的语言与节奏。我留学时从同学书信里读到不少上海诗人的少作，在在可见海派文化独特的语言与审美。至于现在以"面向大海／春暖花开"传诵天下的海子，成名是在卧轨之后。相比之下，汪国真的诗确实太清澈见底，以古人类之，大约接近白居易给老妪写的诗吧。其实他也正因为此才获得了文学史上或文化史上的意义，这二者与作品本身的意义是不同的。八十年代的"文化热"不管在哪个领域都是走所谓高端路线的，其全面熄火固然有非文化的因素，但物极必反也往往是部分正确的。历史从不同的层面看风景各异，有时又彼此互证互文。流行文学与经商大潮在九十年代初的骤然兴起，有着共同的社会背景，是两道令人瞩目的风景。

八十年代的诗人们，则大多淡出，自杀、发疯的其实还是极少数，更多人下海，不少人后来成为文化商人。

三

　　一九七二年父亲从干校回北京后受命编写《中华民国史》，可以自由从近代史研究所图书室借书。那里不知道为什么有一套《全唐诗》，多年无人问津，被父亲搬回家来，放了好几年才还。那几年我辍学在家，少年岁月在打扑克与读唐诗之中度过，读着读着开始学写格律诗，还曾不自量力地请林庚先生、冯其庸先生指教。然而诗有别才，其实更多不在于指教。到了一九七九年，在美术馆门外，从架着拐的马德升手中买到蓝色封面的《今天》，被北岛震撼，于是改写新诗。我从小不够积极向上，目光灰色，写不出顾城"寻找光明"这样正能量的句子，只有"一个无解方程／一道没有方向的矢量"的茫然，或者"世事蒸腾成腐草／文章寂寞对江山"的貌似老成。另一方面，我虽然十五岁就抽烟喝酒，却是个爱读书爱做梦、不打架不合群、容易单相思、内心羞涩的所谓"好孩子"，写诗对我来说一直是件很私人的事情。整个青春时代，和许多同龄人一样，荷尔蒙在诗中激荡，穿越了八十年代后，也一齐烟消云散。我带着几个笔记本游走几个城市，如今偶尔在本地华人诗歌朗诵会上读一首《冰灯》：

　　　　热情仅仅是
　　　　生命的
　　　　一个层次
　　　　但是，为什么你要同世界
　　　　构成一个对比

　　是的，有时我会怀念那些充满热情的写诗的岁月。我想我自己很幸运，虽然只是游走在边缘，但是毕竟与一个诗歌大潮的年代同步。不过，我一听到我们是"诗的民族"这一类说法就忍不住起鸡皮疙瘩，虽然我同意中国文学的传统主要就是诗词，不管在什么年代总有一些人默默地传承着灯火。也许是因为学历史出身吧，我总觉得我们的基因里，占主导地位的向来是现实功利的一面。在我的青年时代，许多人想当诗人，究其原因，在激情之外，也是由于那是一条成名的大路吧。在那条大路上许多人走过，汪国真是其中最后成名者之一。到了九十年代以后，大路变成了羊肠小道，路上的人越来越少，也许这是诗界本应有的"新常态"。所谓诗的年代，其实是当时各种现实因素造就的一段短暂历史，仔细看去，并非玫瑰色，也没有多少诗意。

少年时《悲惨世界》一开头出现的国民公会 G 代表曾经深深感动我，我甚至会背诵他临死前的那段话："我在深思力学和观察当中度过了这一生……我始终维护人类走向光明的步伐，有时也反抗过那种无情的进步。有机会，我也保护过我自己的对手……我尽过我力所能及的职责，我行过我所能行的善事……我并不恨人，却乐于避开别人的恨。"如今我虽然对法国大革命有了更全面的了解，对理想主义精神有了更多的谨慎，重读 G 代表的话依旧感受到人性的光辉。冷静地面对现实，宽容他人，坚守内心，在我看来是真正的诗意。而鸡汤则是自欺欺人的美好言辞，是在商业社会流通获取现实利益的一种商品。

斯人已逝，愿汪国真安息。针砭他的作品是否鸡汤其实不必，我更关注的是，作为个体的人，在诗和诗意都越来越匮乏的时代，如何安放自己的心灵？

永远的日瓦戈

一

在爱乐人群里有一个很流行的游戏：假如你被流放到一个孤岛上，只允许你带一张唱片你会带哪一张？我曾经读到一篇文章，作者说他会带大卫·奥依斯特拉赫一九五五年首演的肖斯塔科维奇小提琴协奏曲。有相当一段时间，这张唱片也是我的首选，我曾经在北美冬夜听着它写了一首题为《漫长的冬天》的诗：

> 不要说春天已不远
> 虽然今日晴朗
> 冬天并不曾过去
>
> 一代精英还没如金斯伯格预言
> 奔向坟场
> 只不过深陷雾霾
>
> 我曾那样向往南方
> 却半生徘徊在雪中小路
> 脚印丈量
> 梦与现实的距离

　　电子眼冷静注视

　　失忆的广场游客喧嚣

　　肖斯塔科维奇小提琴协奏曲里

　　有撕帛的声音

　　如果只能带一本小说的话，我很可能会选择《日瓦戈医生》。我是泪点很高的人，而且越是煽情的文字越不会被感动，可是《日瓦戈医生》那安静的笔调每次读时都让我莫名其妙地伤感。初识帕斯捷尔纳克，是从家里一本一九五九年中苏关系尚未破裂时跟着老大哥摇旗呐喊的内部批判文集。若干篇上纲上线的大批判文章后，约一半篇幅是供批判用的《日瓦戈医生》节译。"文革"时家里的书柜被贴了封条，巨大的叉形封条和高压的气氛让我好几年只能够隔着玻璃看柜子里一排排的书名。一九七〇年搬家的时候，书一摞一摞被母亲用报纸包起来。搬到永安南里以后，很多书依旧隐藏在报纸里。所以我虽从小被誉为"吃书的孩子"，还是时不时能够从家里的犄角旮旯找出些没有读过的书。有一次打开书柜，在已经排好的一排书背后，发现一个纸包，打开来有几本书，我都没有读过，其中一本就是《日瓦戈医生》节选本。严厉语气的背后，这本书倒也透露了那段史实：一九五八年帕斯捷尔纳克获得诺贝尔文学奖之后不久遭遇围剿，他不愿离开祖国，被迫选择发表公开信辞退获奖，不久即患癌郁郁而终。很多年以后，我了解到他不仅因为不肯流亡，更是为了他心爱的奥尔嘉·伊文斯卡娅免于受迫害。然而帮助他把手稿传到国外出版的伊文斯卡娅最终还是躲不过牢狱之灾。

　　据说拉拉身上就有奥尔嘉的影子，日瓦戈医生死后拉拉对他告别时的话在遥远的七十年代让我泪流满面："我们又在一起了，尤罗奇卡。上帝再次让我们重逢……你的离开，我的结束，有某种巨大的、无法取代的东西。生命的谜，死亡的谜，天才的勉力，质朴的魅力，这大概只有我们俩才懂。"那时我还是个少年，并不理解只有历史与爱情才具备这种宛如扑面而来的钱塘大潮压倒一切、令我毕生难忘的力量。

二

　　五十年代人们耳熟能详的口号之一是"苏联的今天就是我们的明天"，六十年代随着反修防修、中苏交恶，这句话迅速被埋葬。我们几代人成长的社会环境，有苏联深深的痕迹，不仅是社会结构与体制，更深层的是语言观念、思维方式以至于个人心理上的自我束缚。也因为如此，我们对苏联文学很容易亲近。年纪其实不老的网友数帆老人，曾经相当详细地记述了一九四九年后的苏联文学阅读史，其中的绝大多数作家，七〇后以降都不知道。随着苏联的消失，其文学作品也就成了过眼烟云。曾经在苏联主流媒体推崇下风行一时的作品，如今乏人问津，就连肖洛霍夫的《静静的顿河》、爱伦堡的《人·岁月·生活》，现在知道的人都不多。大抵文学若时代烙印太深又没有穿透人性的力量，就难免浮云的命运；避重就轻乃至是粉饰升平的，在某个时代拐点更难免速朽。

　　数帆老人枚举的苏联文学作品数量之多，令人瞠目结舌，绝大部分出版在五十年代。我不知道有没有人做过研究统计，感觉上只怕比其他国家的翻译作品总和加起来都要多。难怪一代人的阅读记忆不是《钢铁是怎样炼成的》就是《卓娅与舒拉的故事》，加上国产的《林海雪原》《青春之歌》《红旗谱》，革命教育就这样浸进潜意识之中。我小时候是"文革"时期，这些书都成了毒草，一代儿童没有书可看，能够半地下找到的，大多数还是这些书。我是非常幸运的，跟着兄长很早就读过《带星星的火车票》《解冻》《伊凡·杰尼索维奇的一天》，而且接触到俄罗斯的传统，从托尔斯泰的《战争与和平》到陀思妥耶夫斯基的《被侮辱与被损害的》。然而直到八十年代，有几人知道俄罗斯曾经有过一个璀璨的"白银时代"，却在苏联时期被人为割断？尤其是那些诗人的名字：曼德尔海姆、茨维塔诺娃、阿赫玛托娃，他们的遭际无一不令人扼腕：或死于流放，或在大清洗中不知所终，或精神分裂。几代人的底色，是革命文学加苏联文学，再以内部发行的灰皮书黄皮书方式零星接触西方文学。这一情形从一个侧面反映出知识结构破碎的由来，随着岁月流逝，其潜移默化与见识思维的混乱日渐凸显。新月派诗歌被批判、九叶派诗人大多改行，俄苏诗歌只知道普希金、马雅可夫斯基，革命诗歌的夸张泰半来自俄语译本。我们仅仅由于孤陋寡闻，才错觉得那就是全部。

三

二〇〇八年，北岛兄赠我《时间的玫瑰》，其中有关帕斯捷尔纳克一篇尤其传神。在芝加哥寒冷的二月，读《二月》令人忧伤：

> 二月，墨水哭泣
> 在悲声中叙述
> 当轰响的泥浆
> 点燃黑色的春天
> ……
> 融雪处露出黑色
> 风被尖叫声犁过
>
> 越是偶然就越是真实
> 痛哭着写成诗

在这里"黑色"、"尖叫"是具撕裂性的象征，"越是偶然就越是真实"则是点睛之笔。同为"白银时代"人的帕斯捷尔纳克能善终其实是偶然与相对幸运的，他先得到布哈林赏识，后来可能因为翻译过格鲁吉亚的文学作品，得以逃过斯大林的大清洗，活到解冻时期，否则就连《日瓦戈医生》也没有了。虽然晚年因《日瓦戈医生》获诺贝尔文学奖受批判，但毕竟赫鲁晓夫时代不会把他投进监狱，顶多调动些年轻人在他家门口鼓噪示威，让敏感的诗人整日不得安宁。帕斯捷尔纳克去世后，千万民众自发涌至，李赫特、尤金娜专程来为他弹琴送别。

索尔仁尼琴在破除苏联的谎言方面居功厥伟，然而也正因为此，他更多是一位伟大的历史学家和批判者。与索翁不同，在帕斯捷尔纳克那里，文学更多是一个自给自足的世界，提供一个与现实疏离从而叙述真实的视角，其中的深邃与幽微首先是通过个人的困境、生命的无力感、与外部世界的冲突及挫折显现。这一切都具有深刻痛苦的特质，然而内心的烛光从未熄灭。帕斯捷尔纳克不以小说名世，然诗人文字别具凝练之美。《日瓦戈医生》甫出即获诺贝尔文学奖，为该奖史上仅见，绝非因为作者早在中年即是名满欧洲的诗人，更非如苏联所想象的那样出于冷战需要。即使读的两个译本中文都颇值得商榷，即使可能还是从英译本转译的，也能读得惊心动魄："他左边太阳穴下面的雪凝聚成红块，浸在血泊中。四外喷出的血珠同雪花滚成红色的小球，像上冻的花揪果。"

在我看来，《日瓦戈医生》里的人物也极具历史象征意义：日瓦戈对现实的迷茫彷徨，对美与变幻的敏感，游离于动荡时代之外的清醒与理想主义精神的混合，在暴力、愚昧与权力面前的无力感，堪称"白银时代"俄国知识分子精神如诗如歌的写照。在经历战争、目睹惨剧、失去爱人后，在斯大林铁腕统治下的苏联，倒毙街头是一种很自然的结局。拉娜的美丽温柔和爱情以及其他美好事物一道，不能见容于人世间，在安葬了爱人后，消失在远方的集中营。然而尤让人悲从中来的是结局：日瓦戈的朋友米沙和尼基尔大清洗劫后余生，在二战中成为军官，邂逅洗衣女孩丹尼娅，闲聊之间发现她就是日瓦戈与拉娜的女儿，在俄罗斯流浪中长大，而丹尼娅对自己的身世及父母一无所知。

与人物众多、基于史实的《古拉格群岛》不同,《日瓦戈医生 》是一部多少有一点夫子自道的作品。这里没有揭露历史真相与批判的使命感,而是内敛感伤的叙述,仅此而已:"历史上这种事已经发生过几次了。高尚的、理想的、深沉的变粗俗了、物质化了。这样希腊成为罗马,这样俄国教育变成俄国革命。"颇具讽刺性的是帕斯捷尔纳克在写这部小说时其实满怀希望:"尽管战后人们所期待的清醒和解放没有伴随着胜利一起到来,但在战后的所有年代里,自由的征兆仍然弥漫在空气中,并构成这些年代唯一的历史内容。"然而《日瓦戈医生》在祖国出版要等到作者辞世三十年后。

四

七月中旬读到一条消息,著名埃及男演员奥马尔·沙里夫逝世。我想起一九八二年,那时候留学生里很少有人拥有录像机,来自台湾的同学廖兄年长几岁,不仅有录像机,还娶了一位家政系毕业的美丽夫人。他和我几乎一见如故,经常招呼我和另一位来自马来西亚的黄兄去他家,先品尝嫂夫人的手艺,然后看电影或者打麻将。我就是在他家的十五寸彩电上第一次看到沙里夫主演的《阿拉伯的劳伦斯》,那应该是我最早看到的西方大片之一吧,当时感动得不得了。所以一两年后,发现他还主演了《日瓦戈医生》,立马就租了录像带来看。一九六五年底上演的《日瓦戈医生》应该是沙里夫的巅峰之作,他因此获得金球奖。《日瓦戈医生》没有获得奥斯卡最佳影片奖,一九六六年大奖授予了如今家喻户晓的《音乐之声》。这也是再自然不过的:铁幕那边的故事,是不会像爱情加英雄主义的音乐剧那样为广大群众喜闻乐见的。很难想象沙里夫这位英俊潇洒的演员竟然还是一位桥牌高手,《芝加哥论坛报》副刊八九十年代那些每日一小篇的桥牌文章,部分就是他撰写的,我刚来美国时没有桥牌打,时常读那些文章解渴。这个埃及人在英国导演根据俄罗斯小说改编、演员和场景全部在苏联以外的电影里大放异彩，如今人们说起《日瓦戈医生》多半是他在电影里戴皮帽、胡须上落满雪花的形象。

一般说来，根据小说改编的电影多半以牺牲语言、压缩情节为代价，《日瓦戈医生》也不例外。原著里富于思考的段落和诗意象征的语言，电影无法表现，众多的人物也不得不割爱。为了电影叙事的氛围，增加了寻找不知所终的丹尼娅，对她回忆日瓦戈医生的结构，故事性自然是更完整了，但是故事大于思想、大于批判性也就无可避免。不过电影的魅力毕竟无远弗届，能够抵达大多数人心灵的还是故事与画面。半个世纪后电影《日瓦戈医生》也成为经典，经典到在每个郊区小镇图书馆都可以找到这部电影。我在世纪末曾经离群索居，某个雪夜闲来无事，就去借了《日瓦戈医生》。看完以后，并没有像第一次看这部电影那样热泪盈眶，我已经不再年轻，不再容易被故事打动，而是望着故事背后的西伯利亚远方，感受雪夜的悲凉。

几年前开始收集"黑胶"，在旧书店里，看见《日瓦戈医生》电影音乐"黑胶"，欣喜地买了下来，当年获得奥斯卡奖的配乐，的确百听不厌。不过很快我就发现，《日瓦戈医生》电影音乐的"黑胶"遍地都是，只要一美元就能买到品相很好的，而且几乎没有人买。在阳光明媚的秋日下午，走出唱片店，车流熙熙攘攘，想象着此时此刻，莫斯科与北京的街道，也是天空晴朗，一片祥和。日瓦戈医生仿佛已经很遥远，在八月末的电车上，一阵雷声后，他挣扎着，然后倒下，和他的时代一起。

在生命这袭华袍背后

一

　　二〇〇七年，蒙网友高山杉兄推荐拙文《遥远的琴声》在《读书》发表，当时说会另写一篇文章回忆张遵骝先生的夫人王宪钿先生，不料想又是八年过去了，我还没有动笔。最后一次见到宪钿伯母，是在她仙逝前大约两个月，她推着助行器极慢地从套间的里屋走出来，声音也显得衰弱了。她一如既往地平静亲切，我却感受到了生命正在渐渐消失，心里悲伤，自然不会流露出来。她没有子女，临走前身后事一部分托付给长兄。她享年八十九岁，安详离去。母亲告诉我这个消息时，说的都是些具体的事情，在电话里我们没有多说什么，虽然我知道宪钿伯母不仅是我，也是母亲最敬重的人之一。以前曾经提及，张先生是少年时影响我最深的长者，他是南皮张之洞曾孙、熊十力弟子，然而中年以后并无著述，谨慎惊惶、抱病避世。王先生是八国联军打进北京时自杀殉国的清末名臣王懿荣曾孙女，张之洞和王懿荣是好友兼姻亲，所以两位先生是亲上加亲。他们结婚时，陈寅恪先生曾写诗祝贺。他们待我如子，我在两位先生家里初识古典音乐，不知不觉浸入文化遗民的气息。长大以后我虽不学无术，但读陈寅恪先生诗文自然亲近，并且感受他的哀痛，这都是拜两位先生所赐。张先生关怀时事，极具忧患感，激动时情绪像个孩子。王先生总是带着微笑，很少说话，宽容地看周围的人和世界。从我十一岁得识先生到她去世三十多年里，我和我的家人见到的一直是一位温和安静、从容淡定、处变不惊、通达超然的长者。她二十世纪三十年代在清华研究院就读，此后毕生从事心理学研究。在没有尊严的年代，保持沉默，淡泊名利，不与人争，坚守自尊，无论是怎样的困难和委屈，无论是多么不顺心的人与事，王先生从来既不曾发怒也不曾悲苦，顶多无奈一笑，感叹两句。这份定力是我毕生仅见，却又是那么出自天然。

我的姨母和王先生在清华是同校不同系的同学，虽然不熟，却也清楚记得王先生年轻时朴素文静，容颜出众却不事妆饰，书尤其读得好。王懿荣是甲骨文发现者、国子监祭酒，生前治金石之学近四十年，即使在清流诸公中学问亦是翘楚。"庚子之变"王懿荣举家死难，年方九岁的长孙王福坤被仆人救走，由外公张人骏抚养成人，是为王先生之父。有如此身世，王先生早年庭训之严不难想见。她的长兄王宪钧先生，是中国最早的数理逻辑学家之一，哥德尔的弟子，我曾多次去他燕南园的府上。三弟王宪钟是著名数学家，拓扑学"王氏序列"的发现者，七十年代任教于康奈尔大学，是一九七二年尼克松访华后最早回来探亲访友的美籍华人学者之一。他的到来直接改善了王先生和张先生的处境：之前他们在永安南里八号楼的居所在"文革"里被"掺沙子"挤进一家，现在海外来人了，他们的亲人在国内活得很好这件事是一项面子工程，于是两位先生恢复了原来的住房。那也是我第一次见到来自另一个世界的人，是宪钟先生还是刘子健先生，我已经记不清了。只记得那位美籍华人教授穿着一件现在想来很普通的西装外套，可是当时看上去觉得那么新鲜，觉得穿着它的人看上去那么清爽，目光明亮、说话自然、神态放松。而接待的人们不分男女，几乎清一色的蓝制服，堆着差不多的笑容，要么说话很慢，字斟句酌，要么根本不说话。当时刚刚知道"云泥之别"，这种印象加深了我的理解。"掺沙子"的闯入者被"革委会"礼送出境后，两位先生终于恢复了书斋生活。晚上在深棕色的藤椅里，听张先生用民国时绵软的京腔讲述明末往事，厚布窗帘将一个时代的喧嚣隔绝在窗外。就是在这样的晚上，我第一次听到肖邦夜曲，遥远的琴声从此伴我走过岁月。

少年时，无论社会还是家庭都在动荡之中，两位先生的家在我是一个温暖的避风港。尤其是王先生，那永远的平和亲切，有着让人宁静的力量。不曾等到长大，我就已经明白，张先生或慷慨激昂或悲观求死而又年复一年，端赖王先生默默地照顾支撑，才得以度过多病多灾的几十年，艰难岁月里更见女性的耐力与坚强。

"文革"后的十几年，曾经似是雨过天晴，梦想起航，时代的激素和青春的荷尔蒙同步高涨。我也活得忙忙碌碌，而且很早就远托异国，去看王先生的次数自然少了许多，不过每次回国还是要去几次的，生活中无论发生什么变化，还是会向先生报告的。宪钿伯母每次听完了都会给我一些温暖的鼓励，而绝无具体的指导。有一次离开日渐磨损的藤椅回家，走在院子里我忽然想，这一切在经过那么多事情的先生那里，多半微不足道吧。王先生仙逝以后，和长兄在电话里聊天，说起张爱玲，长兄告诉我，王先生从年轻时就是张爱玲的"粉丝"，而且他们还有一层亲戚关系。我听了有些愕然，一时说不出话来。我多少领悟到，几十年对先生所知，其实还是单向有限的，就好像牟宗三先生回忆录里的青年张遵骝，和我记忆中的张伯伯完全对不上。经历过大时代后人内与外的变化，是小时代里长大，而且被与历史隔断的人很难了解的。所谓"了解之同情"，必先有知识，然后有关于不同时代的想象力，这二者恰是今人大多匮乏的。

二

二〇〇七年遵北岛兄嘱，创办"今天论坛"，一时间群贤毕至，少长咸集，热闹了大约三年时间。后来微博兴起，论坛渐渐失去人气，如今微信又有取代微博的势头。论坛依然存在，我也还挂着管理员的头衔，但是已经很少去了。当年关于诗歌、文学、历史、艺术，有过不少精彩的议论与交锋，如今已渐渐被光阴和后来的帖子湮没。著名诗人柏桦，出任"人间书画"栏目版主后，曾经热情参与，他为人谦和儒雅，颇有民国君子之风。当时他很推许胡兰成，介绍了台湾薛仁明先生的一本书《胡兰成——天地之始》，从书名就可以看出这位薛先生对胡兰成的崇拜。胡素来是具争议性的人物，于是正反两方议论纷纷，薛先生自己也随即加入论坛，以不容置疑的热情参与论战。

在我看来胡兰成热在国内，很大程度是因为一九四九年以后出生的人，对民国时的文字已经非常隔膜，所以读他觉得特别新鲜。而且他和张爱玲的纠葛，实在是最为人喜闻乐见的，所以张粉遍地开花后，胡兰成也跟着热了起来。他的作品其实不多，大抵读《今生今世》，可见其文笔；读《山河岁月》，可知其见解。论胡兰成，应集中于其作品，与人品分开，与他和张爱玲的关系无关。以胡兰成为汉奸而否定者，是以政治道德判断代替文学批评；以胡兰成为登徒子而否定者，是以假道学加上真八卦精神的码字。柏桦是从民国时代语言的角度推崇胡兰成，我亦颇喜民国初年文章，然而我不以为胡兰成的文字可以做那个时期语言的典范。那个时期这一脉作家多得很，而胡兰成文章之所以传播广泛主要是拜张爱玲的名声。在一定程度上，他是以事件行迹成名而非因作品本身成名的作家。史学重在叙述，而非价值判断，所以"汉奸"一语的使用，实需慎重。中国执政者自甲午败后，皆无能与日本一战的自信。革命党从同盟会时起，其主流即倚日亲日。据史家考证，孙文为革命而愿意出让的权益，远在"二十一条"之上。孙属意的接班人，是汪兆铭非蒋中正，其亲日也不过是继承总理衣钵。以胡兰成是汉奸否定其文章，实在谈不上是文学批评；汪兆铭的旧体诗，也不该因人而废，实际上陈寅恪先生乃至时人熟悉的叶嘉莹女士对汪诗也颇为欣赏。至于以胡兰成如何唐璜来说事，那是八卦小报的水准，与文学批评无关。

另一方面，推崇胡兰成者，颇有重写文学史的气概。关于重写文学史，需要重写的其实是民国时期文化史。这里自然包括对新文化运动的省视、对二三十年代学术史的梳理等，也包括重新发现由于政治原因而湮没无闻的学人。然而我以为，用力太多则过犹不及。无论政治史还是学术史，我对翻案文章心存戒惧。如果从作品看，即使不喜欢夏志清的人，也很难否认张爱玲是百年来最重要的中国小说家之一，而胡大约是民国时期众多小星星之一吧。胡兰成自是颇具才华与魅力，一生经历奇特多彩，广结文化名流、达官显宦，晚年指点后进，俨然大师般人物。他是生活中很聪明的人，然而中国作家活得太聪明，往往是其文学成就有限的原因。他的文字或许算得上是民国时期的小清新，绮丽多情，现实生活中则是时务识得很清，算盘打得很精。我总觉得胡的文字颇为阴柔，精致有余，不过这是我个人感受，而我一般不赞同更多出于个人好恶的褒贬。真正让我啼笑皆非的是他一生的热衷：从汪兆铭到蒋经国再到八十年代初的大陆，胡兰成一直有献计献策的冲动、向最高领导人上书的习惯。"学成文武艺，货与帝王家"的愿望浸透在许多中国男性知识分子的血液里。

当年论坛最有趣的事情是胡兰成被推崇为民国时代的大书法家，理由之一是川端康成如是说，不知川端原文是怎么说的。日文里的客气话，翻成中文往往极其夸张，就好像英文里的"great"，翻成"伟大"可以差之千里。而近年来的翻译者水准下降，又时有以讹传讹之事。为此自然又争论一番，其间的民族主义狂热与挟洋自重，仔细想想实乃刀刃的两面。胡兰成的墨迹，是康南海一路，相信识者泰半同意尚未可与康有为比肩，然而康有为本人书法，何尝不有一半是字以人名呢！胡兰成书法如何固不必下定论，如果能够面对半个多世纪以来我们字写得一代不如一代这一点，也就不难想象，我们很容易把一个在当时只是字写得还不错的前朝人物尊为大书法家。当年在论坛上，我还晒过一位祖先的字迹，方正庄严，气象森然。他虽然是两榜进士出身，当过翰林，但并不以书名。可以推论，当时字写成这样的人还是相当不少的。他的兄弟因为官做得小，更不为人所知，留下的墨宝却是磅礴挥洒、望之不凡，连我这种书法一窍不通的人都被震撼，如今却只怕是家族后人都不知道了。

三

在革命年代，张爱玲一直是被禁的，而且禁得相当彻底，以至于我虽在"文革"时就读到张恨水、苏曼殊，张爱玲却只闻其名。她不仅不合时宜，而且很长一段时间被认为反动。她的两部小说《秧歌》《赤地之恋》直到今天还往往被批为概念化的奉命之作。不过我有时怀疑那些批判者有几个真正读过这两本小说，我甚至不清楚这两本小说在国内是否已经出版。张爱玲九十年代初在商业大潮兴起、思想落寞的背景之下进入中国，成为一代人言情的、时尚的、小资的文学象征，这两部小说有意无意之间被排除在外。我初识张爱玲是八十年代留学时，读夏志清先生的《中国现代小说史》，在夏先生看来如此重要的作家我竟一无所知，赶快去恶补了她的主要作品，包括上面两部在海外被认为也是代表作的小说。张爱玲虽然并不怎么关心政治，但是在天翻地覆之际，以女性的直觉，对苦难的敏感与同情，有她自己穿越历史之所见："时代是仓促的，已经在破坏中，还有更大的破坏要来。"

大抵七〇后以至于之后的大陆女性，无论"文青"与否，都知道一些张爱玲，听说过张佩纶的则恐怕不多。在清流极盛的一八七〇年代，张佩纶是与张之洞齐名的"直隶二张"之一，三十六岁就位居枢要，却因中法战争马尾海战惨败而断送仕途。李鸿章与张佩纶父亲张印塘是故交，他极其欣赏并倚重张佩纶，在他倒霉以后，仍然让小女儿嫁给他做第三任妻子，所生幼子便是张爱玲的父亲。张佩纶以才学称于世，却被充军，归来后入李鸿章幕府，又被弹劾赶出京城，五十六岁上郁郁逝于金陵。张爱玲母亲是曾国藩麾下长江水师提督黄翼升孙女，早年受西式教育，具二十世纪初期新女性的自由奔放，先留学后离婚，在海外终生不归，当时极为罕见。张爱玲极少提及祖上，极早特立独行，小说写得冷静，年纪轻轻就几乎道尽红尘烟雨、世态炎凉，自是有对家族的弃离与批判的一面；而我行我素，对计较利害得失的不屑，其实还是和坎坷家世以及血脉遗传密不可分的。虽然中国从宋朝以后，门阀灭绝，科举取士，不再有世袭的贵族，貌似是一个平民社会，然而至今仍然是等级森严。但是也正因此，直到民国时，世代书香之家还是有些精神贵族的气息。身为张佩纶后人，张爱玲一方面自幼叛逆，标新立异，字里行间多有对世家人情的洞察，另一方面因为家世又一直保存了一份高傲。与胡兰成分手后，她只字不提，而胡兰成时不时说起，不免有借张爱玲以自重之嫌。

我不是张粉，也没有读过张爱玲全部著作。坊间流传的种种张学，不管是专业的还是业余的，我都略有保留，这也许是因为几十年来红学、鲁学汗牛充栋造成的反胃吧。在我看来，张爱玲其实是冷静写实的作家。无论是《半生缘》里的情缘、《秧歌》里的残酷，还是《色·戒》里的决绝，高保真的写实白描一直是她的追求。这种面对真实的勇气，很少有人具有，加上她深谙人情冷暖，所以话往往说得简练直白。比如"成名须及早"如今被世人奉为圭臬，也让不少人因此以为张爱玲是名利中人。其实作家在现实生活中与其文字截然相反的事例比比皆是，张爱玲青年时低在尘埃里开花，中年时落落寡合，晚年几乎自闭与人世间隔断，一生大半时间处于遗世独立、拒绝妥协的决然状态，岂是名利中人能够做到的！她曾深爱胡兰成，不惜追随，后来梦醒，便将这份情自行了断，其中的激情与坚强，令人感动，又何必再评说胡兰成是怎样一个人呢？她中年辞沪赴港，辗转到美国，在故国成了"反动作家"，却嫁给一个在美国不受待见的左翼作家赖雅，照顾他穷病多年，直到去世，几年后自己也远离人群。其中的清醒与执着，也不是常人能够看见的。

四

长兄告诉我王先生和张爱玲是亲戚以后，我去查了一下。王先生的曾外祖父张人骏是张爱玲的堂伯，如此算来，比张爱玲还年长五岁的王先生，竟然要叫她姑奶奶呢！这个发现一方面有些好笑，一方面也令我惊讶张爱玲辈分之高。我不知道这么高的辈分和那么与众不同的家庭，在小时候对张爱玲有怎样的影响。由于留下了大量的著作，关于张爱玲更多是从文本分析她的生平，而少见从她的家世与童年着手的研究，但愿这仅仅是因为我孤陋寡闻。

好像是二〇〇九年，我与网友在眉州东坡酒家聚餐后，忽然想回永安南里看看，不知不觉就走到了八号楼三单元门口，仰望张先生王先生故居，人去楼空已经年，沉默在黑暗之中。听说他们身后遗物也大多被变卖了，真的是除了记忆一切都不复存在，只有路灯还是儿时的颜色。那一刻我想起王先生晚年在张先生去世后，经常独自阅读张爱玲，也想起最后的句子："沉香屑烧完了，火熄了，灰冷了。"此前的一九九五年九月八日，从二十世纪七十年代索居洛杉矶的张爱玲被发现，她此时在无声无息中死去。她用一生履践了自己的名句："生命是一袭华美的袍，上面爬满了虱子。"不知为什么，在她凄冷的文字背后，我总能感到对人生的直面，用一颗温暖而敏感的心。

谨以此文怀念王宪钿先生并纪念张爱玲逝世二十年。

廿年重识张爱玲

一

八十年代中期，在日本仙台上大学和读研究生的时候，大约有四五年，我一直在图书馆打工，也就是坐在前台，借书还书，然后把还回来的书放到书架上。打这份工最大的好处是可以随便进出书库，坐在前台时也可以看书。那些比较中外香艳的小说段子先不必说，第一次读到余英时论陈寅恪、夏志清论张爱玲，都是那段时光难忘的事情。出国之前，国内出版的几部中国文学史我都大致读过，里面或者根本没提张爱玲，或者说到也是一笔带过，评价很低。最早听说她的名字还是从母亲那里，不过机缘不巧，我一直没有见到过她的著作，至于夏志清的名字，更是没有听说过。初次读《中国现代小说史》，我被相当重地电击了一下：夏志清先生的文字与研究方法与国内的著作大不相同，他对沈从文、钱锺书的议论深得我心，关于张爱玲的赞美更是让我印象深刻。然而我静下心来读张爱玲时，已经到达芝加哥，是在华埠图书馆借的书，纸边已经有点卷了。读的第一本，是相对说来评价没有那么高的《半生缘》，却一下子就把我抓住了。八十年代末九十年代初是离故土最远的几年，夜深人静的时候，内心孤独而荒凉，何以解忧，唯有读书与月光。青年时代在东方，读的都是西学；感觉遥远了，反而是中国书逮到什么读什么。于是胡适、钱穆和未臻一流的温瑞安、卧龙生杂在一起，张爱玲、白先勇也和毕竟野史的柏杨、黎锦晖交叉着阅读。时光就这样消逝，到差不多读完了张爱玲时，传来她悄然远行的消息。

张爱玲成名在敌后时期的上海，一九五二年仓皇去香港然后转美国。如果不是夏志清鼎力推崇，恐怕她的作品在现代文学史的重要性不易被承认，在中国台湾和香港也不会有太大名气。至于她进入中国大陆并且大行其道，已经是九十年代初，商业化兴起，文化与政治退潮，在急剧灯红酒绿化的时光里，那些爱情故事征服了一代人，尤其是女性，成为软文学与小资情调的经典。当年读夏志清先生的《中国现代小说史》之后，深感小说是中国文学一个比较薄弱的部类，大体上除了一部《红楼梦》，直到清末民初，基本还只是继承话本的传统。夏志清先生批评早期新文学小说多半不成熟，极力推许沈从文、张爱玲等等，我以为并没有错，虽然他对张爱玲的评价有一点用力过度。而且夏志清先生由于扬张抑鲁，便看不到张爱玲和鲁迅一样具有直面人生的犀利，只不过张爱玲是以女性的直觉与同情，鲁迅是以男性的观念与刻薄。他因为在海外治西方文学，不免有些学院派的分析归类习惯，然而张爱玲偏偏是难以归类的天才型作家。她的天才倒不在于少年横空出世，一举成名，而在于即使最早的作品都带着一份与年龄完全不相称的苍凉，又丝毫看不出师承。张爱玲的文字是直觉的，她当然读过很多，既汉译过《老人与海》，也英译过《海上花列传》，晚年还专门研究过《红楼梦》，然而她谈不上继承曹雪芹，也不曾显示出任何特定外国作家的影响。我初识张爱玲时恰值《百年孤独》洛阳纸贵，后来高密东北乡和白鹿原都红遍了中国，却不免让我想起马尔克斯笔下长尾巴的怪胎。九十年代学张爱玲的作家也颇有几位，而才气与底蕴无可相比。原创性的匮乏，有时是当代人不愿承认又不得不面对的状态吧。如果说《倾城之恋》状写白家，还有两分贾府面影，可那支笔却是张爱玲的。虽说是异代不同时，没有可比性，但是张爱玲的感性、简练、主观是十八世纪的《石头记》里没有的。她对悲喜尘世的感知、对流金都市的沉浸、对人情冷暖的锐敏都是独特的。她不需要想怎么写小说，形式、结构、流派等等从来不在她的考虑范围之内。就好像在政治上一样，她两任丈夫一个是中国的汉奸、一个是美国麦卡锡时代的左倾社会主义者，折射出张爱玲或者是毫不介意，或者是兼容并包。在文学上她也是活在自己的世界里，从四十年代开始发表作品到七十年代大隐于市，三十载颠簸起伏，张爱玲依然故我，只是年轻时毕竟是看客，老去则历经沧桑，连文字也会渐渐从最里面透出凉意。

二

为了写《在生命这袭华袍背后》，免不了重新读一些张爱玲的作品。上一次通读，已经是二十年前，对她那力穿纸背的沧桑，感受自然是大不相同。张爱玲脍炙人口的作品，大多写于年轻时，所以有不少人认为她去国以后，才气下降。确实张爱玲到美国以后，小说写得少了，更多是电影剧本、散文和翻译。张爱玲文字我谈不上有多少深读，仅从个人印象而言，张爱玲后期文章老到纯熟，不复早年一气呵成的咄咄逼人，多几分极冷的轻描淡写。才华是否暗淡，是见仁见智的事，若论对于人世的观照，张爱玲后期似乎清醒内敛得多。需要留意的是，《小团圆》和《同学少年都不贱》是在身后出版，我们并不清楚究竟是作者满意的定稿，还是仅仅是一个草稿。《半生缘》和《怨女》分别是《十八春》和《金锁记》的改写。发表于一九七九年的《色·戒》，据张爱玲自己说，从初稿到最后定稿过了近三十年。我以为《色·戒》是一篇很成熟的短篇小说，不过人们熟悉《色·戒》，多半由于大导演李安根据小说改编的电影，到底有多少人精读过原著待考。

八年前一场秋雨后，去城里看《色·戒》，电影当时在华人圈子里造成一个不大不小的轰动，许多平常不看这类文艺片的人都去看了。倒是美国人没有几个关注《Lust，Caution》，而几家大报的影评给出的星数都不高。比较引人注目的是，《色·戒》领到了一个十七岁以下不得看的"NC-十七"，这在美国是最少用的一个级别。从我住的小镇进城，有三十英里路程，到城边天色已黯，橙色路灯纷纷亮起。影院在克拉克街上，那是芝加哥城北很热闹又有些文化气息的地段，早年坐落着许多看起来古旧的小饭馆、当铺、书店等等。刚来这个城市的时候，我常来这一带，曾感受到索尔·贝娄的描述原来十分写实。那时爱去的一家旧影院，在不远的百老汇街上，有时放些在美国难得一见的欧洲或亚洲电影。稍有规模的城市，都有一条百老汇街，其实和纽约的百老汇大道根本不沾边。百老汇是 Broadway 的音译，更准确的翻译是宽街，和北京的一条路名一模一样。儿时就住在宽街附近，知道那只是一条宽点的胡同。

此后很多年没到城北来，一路但见很多房子都已重建。房子虽新，式样却是老的，保存着上世纪初到三十年代的风格。在灯色里，颇有走在布景里的感觉。如果再放上一段舒缓的萨克斯乐曲，就几乎不知今夕何年了。《色·戒》给我印象较深的，正是布景的用心：平安戏院、凯司令咖啡馆据说都是花大力气还原的。虽说做得太新而少些真实的质地，但这是当今电影的通病，无可厚非，加上音乐以后，已经很有些逝去的年代感了。李欧梵和龙应台说得不错，李安是一位注重历史细节的导演。但也恰好说明，如果他有时把握不住那个年代，并非由于疏失，而是力有未逮。在我看来，李安把一篇不露声色的叙事改得相当煽情，而且着力在性元素上，不仅有票房考量，更见出导演的诠释。张爱玲原本轻轻带过之处，被敷衍成三段漫长的床上肉搏，以证实原著的一句话"每次跟老易在一起都像洗了个热水澡"，而省略了后面那句"把积郁都冲掉了，因为一切都有了个目的"。李安是很敬业的导演，也深得好莱坞神韵，然而他在《色·戒》里对女性的理解颇成问题，以致把张爱玲原著多处理解反了，还真以为男性可以从床上直接抵达女性的心灵，以为张爱玲原著是关于爱情的。李安顶着压力去破忠奸两分法，顶得自己得奖时感极而泣，虽然滑稽，倒也可理解。但是破忠奸两分法的武器是性爱一元论，未免半斤八两。

李欧梵和龙应台几乎是李安的拥趸，对小说的解读也几乎和李安一样。李先生从文学的人性探微出发，龙女士则着眼于历史判断的重新审视。虽然他们的视角不同，但都倾向于把《色·戒》看成是一个超越世俗价值观的性爱故事，是对基于好与坏、正义与邪恶的历史图解的解构。李先生说，"在人物个性方面，李安真是下了极大功夫，不仅是照传统好莱坞的方式加强了两位男女主角的心理动机，而且更用了大量（也极大胆）的当代电影手法，把'色'的层次加强了；换言之就是在'性'和身体方面大费周章，所以床戏也特别重要。"龙女士则说："张爱玲的这篇'不好看'的小说，之所以惊世骇俗，主要是因为小说中违反世俗的黑白不分、忠奸不明的价值观。一般的作者去处理女特工和汉奸的故事，难免要写女特工的壮烈和汉奸的可恶。张爱玲的女特工却因为私情而害了国事，张爱玲的汉奸，也不那么明白地可恶。"

其实张爱玲所写的是佳芝内心的柔软，柔软到即使自己也认为是正义的行为，终归是下不了狠手。在说"快走"那一瞬间，人性超越了民族大义、价值判断，不计自身安危。换来的结果，恰好形成对比：易先生毫不留情，下命令把她立刻枪毙。这对比之间，人性的光辉照得连易先生自己的感受都十分复杂，这种复杂才昭示易先生人性里的冷酷与果决。仅仅从爱情、从性去解读《色·戒》，不免看低了张爱玲。从她的早期作品开始，在沧桑的笔触、对人情世故的洞烛幽微背后，是张爱玲一份不需要道德支撑的悲悯之心。这一份对尘世的理解与描述能力，贯穿她一生的作品。只不过从《半生缘》里面细细的铺陈、淡淡的柔情到《色·戒》变成了极简的白描、寥寥数语之间的残酷。

三

文本分析自然是批评的基本，从文学史或者批评理论的角度给出评价也是应有之义。不过在我看来，文学批评家需要有历史感，一如历史家需要有关于心灵的理解力。关于作者，比评价更为重要的是钩沉史事，构建个人史的河流与景色，从而试图抵达作者的内心世界。我们所受的教育，习惯的思维方式，大多是一元化的两极对立，区分好坏，辨明是非的判断先行。我们在读历史的时候也好，看现实的时候也好，往往有非此即彼、非黑即白的倾向，然而无论是寻找过去的真实，还是看清现实的面目，首先需要警惕的，就是给出价值判断。对历史，我们需要陈寅恪先生所言"了解之同情"，而价值判断往往会影响对真实的把握；对人生，同样需要设身处地的理解力，而不是褒贬与对错的判断。

天才自然不是从石头里蹦出来的，大约多数论者都会同意，张爱玲的家世对她有很大影响这一点吧。学历史的人有一个习惯，文章里人与事总要去核实一下。前两天提到她的祖父张佩纶，我就去看了有关他的一些文字。张佩纶是晚清清流的重要人物，我在文章里是这样写的："在清流极盛的一八七〇年代，张佩纶是与张之洞齐名的'直隶二张'之一，三十六岁就位居枢要，却因中法战争马尾海战惨败而断送仕途。李鸿章与张佩纶父亲张印塘是故交，他极其欣赏并倚重张佩纶，在他倒霉以后，仍然让小女儿嫁给他做第三任妻子，所生幼子便是张爱玲的父亲。张佩纶以才学称于世，却被充军，归来后入李鸿章幕府，又被弹劾赶出京城，五十六岁上郁郁逝于金陵。"关于晚清政治，往往强调的是清流与洋务派的对立，从而忽视了两者紧密的关联，往往是你中有我，我中有你。事实上，从繁杂的史实中抽象出一些范式虽然是必须的，但是一旦简单化、绝对化，就可能错得没边。尤其在牵涉到人际关系的时候，千丝万缕需要慢慢地梳理考证，避免轻易下结论。最近发现的张佩纶与李鸿章通信表明，张佩纶在作为清流要角最活跃的时期，私下里和李鸿章有很密切的联系，清流领袖李鸿藻对他的本家并非很排斥，而是也有笼络的一面。一般那种清流主战但是保守爱国，洋务派务实但是求和媚外的固定模式（stereotype），其实是可疑的。事实上，张之洞就是从清流华丽转身变成洋务派重臣。张佩纶如果不是仕途断绝，想必为李鸿章之股肱。

张佩纶和李鸿章的女儿李鞠耦婚后感情极笃，曾经共同著书。李鞠耦自己也留下来不少文字书信，据说有辅佐乃父之才，主张见识相当不凡。张佩纶虽经大难，仍然性格倔强、议论尖锐，因此后来又被赶出北京，之后不免颓唐。李鞠耦在张佩纶去世后，独力抚养子女，家教严格而中西并重，其子张志沂国学英文皆佳。张志沂的妻子黄素琼是长江水师提督黄翼升孙女，更是当时罕见的特立独行新女性：擅英语，学油画；离家出走，去国游学。大抵晚清时代的官宦世家，在教育上已经相当重视西学，教育开放的程度，往往不是今人能够想象的。张爱玲性格上颇有乃祖之风，和父亲爱恨交织，最终断绝；和母亲则关系微妙复杂：既深受影响，又有着冲突。她少年时的家庭痛苦经历，自然对其创作和性格都有影响，然而她终其一生的高傲孤绝、对世俗道德的超然、功利得失的洞察，都有一种俯视人间的姿态，这恐怕和她的少年生长环境有莫大的关系。"张学"的重要内容之一，就是把张爱玲小说里的人物和她的家族一一对号入座。其实小说家言不必与本事同，更多是经过故意加工的。张爱玲说过《红楼梦》"是创作不是自传"。她自己的小说也是如此："也间或有作者亲身的经验……但是绝大部分的故事内容都是虚构的。"如果想从小说中考证出张爱玲的生活故事，多半会不靠谱。比较靠谱的是，她从青年时就写出繁华背后的苍凉，文字的气质氛围，不仅仅出自天才，也缘于独特背景与身世。

张佩纶虽然当了李鸿章的女婿，但也因此为了避嫌，更加不可能重新进入官场，晚年在南京时常以酒浇愁，抑郁寡欢。张爱玲最后二十年在洛杉矶离群索居，往往也被认为人生不幸。然而张爱玲的人生事实上与张佩纶是完全不同的，她是一个独立而叛逆的人，一生中的重要选择一直是主动的：放弃学业以写作为生，与胡兰成相恋然后决然离开，改朝换代之后只身赴港转美，晚年在赖雅死后选择隐居独处是再自然不过的。孤独与宁静，对于张爱玲来说，也许是最好的结局。

一九九五年九月八日，张爱玲被发现去世已经几天了。据宋淇之子宋以朗说是唯一见到她遗容的华人林式同先生记录："张爱玲是躺在房里唯一的一张靠墙的行军床上去世的。身下垫着一床蓝灰色的毯子，没有盖任何东西，头朝着房门，脸向外，眼和嘴都闭着，头发很短，手和脚都很自然地平放着。她的遗容很安详，只是出奇的瘦，保暖的日光灯在房东发现时还亮着。"《纽约时报》为她发的讣告的最后一句是："她身后没有亲人。"（There are no survivors.）